www.tredition.de

AF216808

Suca Elles

Keno

www.tredition.de

© 2018 Suca Elles

Umschlag, Illustration: Suca Elles

Verlag & Druck: tredition GmbH,

Halenreie 40-44, 22359 Hamburg

ISBN

Paperback: 978-3-7469-3075-6

Hardcover: 978-3-7469-3076-3

e-Book: 978-3-7469-3077-0

Prolog

Mein Telefon schellte, als ich mir gerade die zweite Tasse Kaffee einschenkte. Es war meine Freundin Ester, die anrief.

„Hi, Eva, kannst du kurzfristig zu uns kommen und ein bis zwei Wochen bleiben?"

Ihre Stimme klang erregt, jedoch nicht besorgt.

Kurzes Überlegen. „Ja, kein Problem" sagte ich.

„Kannst du schon morgen kommen?"

„Sicher. Aber was ist der Grund für diese kurzfristige Einladung?"

„Sag ich dir, sobald du hier bist. Ich freue mich. Fahr vorsichtig. Bis morgen."

„Jetzt warte doch mal....."

Sie hatte bereits aufgelegt.

1. Kapitel

Ich sah ihn bereits, als ich aus meinem Auto stieg. Rote Shorts, ein gelbes Shirt und ohne Schuhe stand er im Garten, seitlich vom Weg der zum Haus führte. Beim Näherkommen fielen mir seine tiefschwarzen Haare, die hellbraune Haut und die nachtdunklen Augen auf, die mich völlig ausdruckslos betrachteten. Keine Spur von Lächeln oder einer anderen Regung war zu sehen.

„Hallo" sage ich, als ich an ihm vorbei ging. Keine Reaktion. Da erschien meine Freundin Ester auf der Terrasse.

„Schön, dass du es geschafft hast zu kommen. Wie war die Fahrt?" fragte sie, während sie mich umarmte.

„Alles ok." antwortete ich. Dann deutete ich in den Garten „Und wer ist der stumme Zwerg dort?"

„Einer der Gründe, weshalb ich dich bat, uns zu besuchen. Aber lass uns erst einmal einen Begrüßungskaffee nehmen, oder möchtest du zuerst deine Sachen hineinbringen?"

„Das eilt nicht" sagte ich und ging zum Tisch, wo der Duft von frischem Kaffee sein Aroma verbreitete. Nachdem ich mir eine Tasse eingeschenkt und den ersten Schluck genommen hatte, wandte ich mich zu Ester um, die inzwischen, das kleine magere Kerlchen an der Hand, die Terrasse betreten hatte. Sie zeigte auf mich und sage: „Das ist Eva, sie wird ein paar Tage bei uns bleiben", und zu mir gewandt; „Das ist Keno, den Rest erzähle ich dir später". Sie gab dem Kind ein Glas mit Saft, das es folgsam austrank.

„Wenn du magst, darfst du noch mit dem Ball spielen bis Dirk nach Hause kommt." Ohne ein Wort oder irgendeine Reaktion nahm Keno den Ball, der unter einem Stuhl gelegen hatte, und ging mit ihm zurück zum Rasen. Mit einigem Abstand zum Weg setzte er sich ins Gras und begann, den Ball zu drehen.

„Und, wie geht es euch?" fragte ich jetzt, da wir wieder allein waren. „Wie läuft das Geschäft?"

„Wir können nicht klagen", beeilte sich Ester zu versichern. „Für Dirk ist es manchmal etwas viel, aber ich kann es mir einteilen und halte ihm den Rücken von anderen Dingen frei. Und wie läuft es bei dir? Neues Album in Sicht?" richtete sie die Frage an mich.

Nach meinem Schulabschluss hatte ich Musik studiert und war ins klassische Fach eingestiegen. Für die Scala oder die Met hatte es zwar nie gereicht, aber an einigen guten deutschen Opernhäusern hatte ich schon gearbeitet. Nach einer zu spät erkannten und nicht richtig auskurierten Kehlkopfentzündung veränderte sich jedoch meine Stimme derart, dass ich keinerlei klassische Rollen mehr singen konnte. Gerade als meine Verzweiflung ihren Höhepunkt erreicht hatte, lernte ich Johann – der sich Johnny nannte – kennen. Er arbeitete in einem Musikverlag und schlug mir vor, in die Unterhaltungsmusik zu wechseln. Er machte mich mit ein paar Freunden von ihm bekannt. Einer davon war Dirk, der bereits mit Ester verheiratet war, und gemeinsam überlegten wir, welche Möglichkeiten sich boten.

Johnny schlug vor, klassische Bestandteile in die Arrangements zu nehmen und Balladen statt Schlager zu produzieren. Um eine lange Rede kurz zu machen: Die erste Probeschallplatte – damals waren CDs noch nicht populär – war ein Erfolg, das folgende Album ebenso. Nach dem zweiten Album kamen Angebote, in Live-Konzerten aufzutreten. Die folgenden Jahre waren für alle Beteiligten sehr erfolgreich und gewinnträchtig.

„Ja, im Oktober, rechtzeitig für das Weihnachtsgeschäft" beantwortete ich Esters Frage.

„Ich hoffe, dass ich nicht solange warten muss."

„Musstest du das schon jemals? Du warst immer im Kreis derer, die eine Vorabpressung erhalten haben."

Sie legte mir die Hand auf den Arm und lachte. „War doch nur ein Scherz, ich weiß doch, dass du mich immer zuerst bedenkst, und das, obwohl ich mich nicht revanchieren kann". Sie spielte damit auf die Tatsache an, dass sie und Dirk als Kinderpsychologen arbeiteten - und ich keine Kinder hatte.

„Was nicht ist, kann ja noch werden". Jetzt lachten wir beide schallend. Da fiel mein Blick auf Keno, der seinen Ball im Stich gelassen hatte und sich eilig der Terrasse näherte. Er lief in die äußerste Ecke und blieb dort stehen. Seine Haltung war gespannt, das Gesicht jedoch völlig ausdruckslos.

„Dirk kommt" sagte Ester, und Sekunden später betrat Dirk den Garten. Er begrüßte mich und fragte, wie Ester schon vorhin, wie es mir gehe. Dann sagte er zu Ester „Ich habe das Auto draußen stehen lassen, ich muss nach dem Essen noch einmal in die Klinik", und mit einem Lachen „dann könnt ihr in aller Ruhe die Neuigkeiten austauschen, ohne dass ihr Rücksicht auf mich zu nehmen braucht."

„Hätten wir ohnehin nicht getan" lachte Ester.

„Komm, hol deine Sachen aus dem Auto" sagte sie zu mir „und versuch mal, ob Keno mit dir zum Auto geht. Sprich ihn nur an, berühre ihn nicht, ich möchte einfach sehen wie er reagiert".

Also trank ich den Rest aus meiner Tasse, griff zum Autoschlüssel und schlenderte zum Ende der Terrasse, wo Keno immer noch unbeweglich stand.

„Sag mal, Keno, hilfst du mir, meine Taschen aus dem Auto zu holen?" fragte ich ihn. Keine Reaktion. Als ich mich jedoch zum Gehen wandte, folgte er mir zögernd.

Wir hatten auf der Terrasse zu Abend gegessen und das schöne Wetter genossen. Danach war Dirk wieder in die Klinik gefahren, versprach aber, so früh zurück zu kommen, dass wir noch ausreichend Zeit für eine Unterhaltung und ein Glas Wein hätten.

Während ich die Teller und Schüsseln in die Küche brachte, ging Esther mit Keno ins Bad. Sie versicherte ihm immer wieder, dass er nicht baden müsse und nur zu duschen brauche. „Und Zähne putzen" hörte ich sie sagen, dann gingen verschiedene Türen auf und zu, und dann war Ester wieder bei mir.

„Was hältst du davon, wenn wir uns, solange Dirk noch in der Klinik ist, über die wirklich wichtigen Dinge des Lebens unterhalten und mit dem Thema Keno warten bis er wieder da ist?" frage Ester.

„Welche Dinge wären das?" antwortete ich lachend.

„Komm mit nach oben, und sieh dir an, was ich mir in München gekauft habe, und danach zeige ich dir auf meinem Laptop die Bilder unseres letzten Urlaubs."

Es war schon fast 22.00 Uhr als wir den Motor des Garagentores hörten. „Ha, mein Herr und Gebieter ist zurück" ulkte Ester. „Jetzt springt er in den Pool und danach gehen wir zum gemütlichen

Teil des Abends über, mit Kerzenlicht und Rotwein" fügte sie grinsend hinzu.

Wenig später saßen wir in dem von Ester beschriebenen Scenario und prosteten uns zu.

„Also meine Lieben" sagte ich „was verschafft mir die Ehre dieser spontanen Einladung und was hat es mit dem kleinen Kerlchen Keno auf sich?" Ester und Dirk wechselten einen Blick, dann sagte Dirk: „Ich gebe dir am besten einen Überblick, den Ester anschließend von ihrer Warte aus ergänzen kann. Also folgendes:

„Vor drei Tagen wurde die Polizei von Bewohnern eines Mietshauses verständigt, weil das Geräusch von zersplitterndem Glas und ein dumpfer Schlag aus einer der Wohnungen vernommen worden waren. Als eine Nachbarin an die entsprechende Tür klopfte, glaubte sie ein Stöhnen zu hören, geöffnet wurde nicht. Die Polizei öffnete dann die Tür und fand eine ohnmächtige Frau auf dem Boden liegend, aus einer Kopfwunde blutend, und daneben einen kleinen Jungen, der sich beim Eintreffen der Polizisten unter dem Bett versteckte. Einer weiblichen Schutzpolizistin gelang es, das Kind unter dem Bett hervorzulocken. Zwischenzeitlich war der Krankenwagen eingetroffen, und die junge Frau wurde zur Notaufnahme gebracht, wo man annahm, dass sie unter Drogen stand und die entsprechenden Maßnahmen und Untersuchungen einleitete. Das Kind war nicht zu bewegen gewesen, sich untersuchen zu lassen und wehrte sich mit der Verzweiflung eines gefangenen kleinen

Tieres. Man rief mich, doch auch ich schien den Jungen nur noch mehr zu ängstigen, so dass wir eine unserer Ärztinnen baten, eine erste Untersuchung des Kindes durchzuführen. Es schien dem ersten Eindruck nach gesund zu sein, wenn auch unterernährt. Bei der Blutabnahme verhielt sich Keno ruhig, als er jedoch in ein Krankenzimmer geführt wurde und die weißbezogenen Betten sah, verfiel er wieder in Panik, bekam Schnappatmung und extrem hohen Puls. Also rief ich Ester an und bat sie, Keno abzuholen. Ich hinterließ in der Klink, wo das Kind zu finden sei, und verständigte auch die Polizei über seinen Verbleib.

Als Ester in die Klinik kam, beruhigte sich Keno ein wenig, und sie konnte ihn ohne große Mühe überreden, mit ihr hierher zu fahren. Erzähl du jetzt weiter" wandte sich Dirk an seine Frau.

„Nun, ich wollte ihn erst einmal in die Wanne stecken, aber die Badewanne löste wieder eine Panikattacke aus, und so duschte ich ihn nur ab und packte ihn in ein T-Shirt von mir und in ein farbig bezogenes Bett. Ich gab ihm noch ein leichtes Beruhigungsmittel, danach schlief er sehr schnell ein und wachte erst am nächsten Morgen auf, als ich an seinem Bett saß. Ich fragte ihn, wie es ihm gehe und wie er heiße, bekam aber keine Antwort. Ich brachte ihn, eingehüllt in ein großes Frotteetuch, in die Küche und gab ihm zu trinken. Auch eine Scheibe Toast aß er, als jedoch Dirk in die Küche kam, versteckte er sich hinter dem Kochblock. Gutes Zureden half nichts, obwohl ich sicher war, dass er jedes Wort verstand. Er kam erst wieder an den Tisch, nachdem Dirk das Haus verlassen hatte. Du weißt ja, dass ich unten meine kleine Praxis habe, und so ließ ich ihn dort spielen, während ich meine Arbeit erledigte. Ich bat Juana, ein paar Kleidungsstücke für Keno zu besorgen, denn das, was er auf dem Leib hatte, haben wir in die Mülltonne gesteckt."

Ester blickte Dirk an und der fuhr fort: „Ich habe an jenem Morgen erfahren, dass die Frau – offenbar die Mutter von Keno – eine Überdosis gespritzt hatte. Ob aus Versehen oder aus Absicht ist nicht bekannt. Sie liegt immer noch auf der Intensivstation, und wir wissen nicht, ob sie es schafft... Auf meine Bitte hin fuhr die Polizei noch einmal zu dem Haus und befragte die Nachbarn, ob sie wüssten warum Keno nicht spräche. Dort erfuhren sie, dass er durchaus sprechen kann, da man ihn schon öfter habe plappern, schreien oder auch weinen hören. Die Kollegin, die die Erstuntersuchung vornahm, ist ebenfalls der Meinung, dass mit seinem Kehlkopf und seinen Stimmbändern alles in Ordnung ist, weshalb wir davon ausgehen, dass er sich in einem traumatischen Zustand befindet. Ursache unbekannt. Zusammenfassend wissen wir folgendes:

Keno, 4 Jahre alt, Mutter 21, im Koma nach Überdosis, Vater unbekannt. Keno hat Angst vor Männern, weiß bezogenen Betten und Badewannen. Er versteht was man ihm sagt, folgt auch Bitten oder Anordnungen, sofern Frauen sie an ihn richten, spricht jedoch nicht und zeigt auch keinerlei Emotionen in der Mimik, außer bei Männern, Badewannen, weiß bezogenen Betten. Dann wir er panisch in hohem Maße". Dirk machte eine Pause und trank einen Schluck von seinem Wein. Dann wandte er sich an mich:

„Ester hat unten einen kleinen Singkreisel in ihrem Therapiezimmer, und wann immer sie diesen Kreisel singen lässt, verändert sich Kenos Blick, wird irgendwie weicher. Er scheint den Klang, die Musik zu lieben, und da kommst du ins Spiel. Wir möchten dich bitten, mit deiner Stimme und unserem Klavier zu versuchen, ihn wieder zum Sprechen zu bringen. Wir wissen nicht, was geschehen ist, was er gesehen oder erlebt hat. Um ihm helfen zu können, ist es aber notwendig, diese Informationen zu bekommen. Falls die Mutter wieder erwacht, und falls ihr Gehirn dann noch funktioniert, könnte sie uns diese Informationen geben. Die Wahrscheinlichkeit ist aber nicht sehr groß. Ich habe mit den entsprechenden Behörden abgeklärt, dass wir bis auf weiteres Keno bei uns aufnehmen dürfen, und deswegen an dich meine herzliche Bitte: Versuche dein Möglichstes, Keno zu helfen."

„Darum brauchst du mich nicht ausdrücklich zu bitten. Erstens seid ihr meine Freunde, und zweitens tun mir das kleine Kerlchen und sein Schicksal in der Seele weh. Ich werde gleich morgen früh damit beginnen, ihm etwas vorzusingen und vorzuspielen. Soll ich auf irgendetwas besonders achten?"

„Nein" sagte Ester. „Ich werde den stillen Beobachter spielen Du kannst frei entscheiden, wie du was tun willst."

Dirk goss noch einmal unsere Gläser voll.

2. Kapitel

Am nächsten Morgen – Ester, Keno und ich saßen noch am Frühstückstisch auf der Terrasse, Dirk war schon auf dem Weg zur Klinik – kam Juana. Sie reinigte mehrmals wöchentlich am Vormittag die Therapieräume und am Nachmittag, wenn Ester Patienten hatte, die Wohnung. Auch kümmerte sie sich um die Wäsche.

Juana war Peruanerin. Sie hatte ihren Mann Georg kennen gelernt, als er an einem Bauprojekt in ihrer Heimat arbeitete. Zwei Jahre später kam sie nach Deutschland. Als ihre gemeinsame Tochter Essstörungen bekam, konnte Ester ihr helfen. Seitdem waren Ester und Juana befreundet. Georg hatte mit knapp 50 Jahren einen akuten Schub von Midlife-Crisis und glaubte, die Welt noch einmal bereisen müssen, bevor es zu spät dafür sei. Er verschwand und meldete sich erst nach mehr als einem Jahr wieder. Juana zog die Konsequenz und reichte die Scheidung ein. Neben dem Spanisch-Unterricht, den sie an der Volkshochschule gab, suchte sie eine weitere Arbeit und fragte Ester, ob diese nicht Hilfe im Haushalt gebrauchen könne. So kam das Agreement zwischen den Frauen zustande, das beide Seiten zufrieden stellte.

„Hallo Señora Eva, schön, dass du mal wieder hier bist" begrüßte sie mich. „Wie geht es dir?"

„Muy bien, gracias, y tu?"

„Muy bien tambien". Dann fuhr sie in Deutsch fort, da sie wusste, wie mangelhaft mein Spanisch war: „Wie lange bleibst du? Kommst du mal zum Essen zu mir?"

„Wie lange ich bleibe, hängt davon ab, wie es mit Keno weitergeht, und wie lange Ester und Dirk mich ertragen."

Ester schlug spielerisch nach mir, wie es ihre Art war, und sagte: „Dann kündige mal deine Wohnung und zieh hier ein."

„Pobre nino" sagte Juana zu Keno, der unserem Gespräch keine besondere Aufmerksamkeit geschenkt hatte und sein Frühstück verzehrte. Jetzt blickte er Juana an – bar jeglicher Regung – sprang auf und lief ins Haus. Wir sahen uns ratlos an. Was war es gewesen, das ihn aufgescheucht hatte? Aber da tauchte er schon wieder auf, hielt ein rotes kleines Auto in der Hand, legte es neben seinen Teller und aß weiter.

Ester strahlte. „Bleib noch einen Augenblick bei ihm" sagte sie zu Juana. Und zu mir: „Komm mal mit in die Küche!".

„Juana hat ihm gestern dieses Auto mitgebracht. Ich habe ihm gesagt, dass er es mit nach draußen nehmen darf, weil es ihm gehört. Die Spielsachen im Therapieraum darf er nur im Souterrain benutzen, auch das weiß er. Soeben hat er das Auto, das bisher neben seinem Bett stand, geholt und draußen auf den Tisch gestellt. Das bedeutet, dass er verstanden hat, was ich ihm gesagt habe, und außerdem weiß er, dass er es von Juana erhalten hat. Das ist ein großer Schritt nach vorn – wenn auch leider nur in nonverbaler Hinsicht."

Wir gingen wieder auf die Terrasse, wo Juana leise mit Keno sprach, der völlig ruhig neben ihr saß und seine Blicke zwischen ihr, dem Auto und dem Fruchtmüsli schweifen ließ.

Nachdem wir den Tisch abgeräumt hatten, nahm ich Keno mit ins sogenannte Musikzimmer. Es war ein mittelgroßer Raum, der über zwei Etagen ging, allerdings nur Oberlichter an den Seitenwänden aufwies, jedoch eine phantastische Akustik besaß. Neben diversen Schränkchen mit Zierrat aller Art stand in der Mitte des Raumes das Klavier. Früher hatte Dirk gespielt und auch ein wenig komponiert, mit der Zeit war das aber immer weniger geworden. Vermutlich war ich in den letzten Jahren die Einzige, die gelegentlich darauf spielte. Allerdings wurde das Instrument regelmäßig gestimmt...

Ich begann mit einigen Kinderliedern. Der Klang hatte anfangs Kenos Aufmerksamkeit geweckt, aber schon sehr bald widmete er sich wieder seinem Auto. Dann begann ich zu singen.

Ich merkte sehr schnell, dass getragene Weisen und Mollakkorde ihm mehr zusagten, als schnelle Tonfolgen im höheren Bereich. Dann fielen mir die alten irischen Volksweisen ein, die ich sehr liebe, und ich begann „Danny Boy" zu singen. In Keno ging eine Veränderung vor. Er lauschte angestrengt und kam langsam näher. Schließlich setzte er sich ans andere Ende der Bank, auf der ich saß und sah abwechselnd auf meine Hände und auf mein Gesicht. Ich beendete die Strophe und fragte ihn: „Willst du auch einmal versuchen zu spielen?" Nachdem ich ihn dreimal aufgefordert hatte, berührte er mit einem Finger eine Taste und lauschte aufmerksam dem Ton. Ich spielte ihm die ersten 12 Töne vor und sag dazu den Text. Immer wieder. Dann wartete ich. Er starrte die Tasten an. Endlich tippte er mit dem Finger auf die entsprechenden Tasten. Es waren noch einige Versuche nötig, bis er die Tonfolge beherrschte. Dann versuchte ich es mit dem Text. Mir war klar, dass er kein Englisch kannte, und gerade da sah ich eine Chance, dass er vielleicht versuchen würde, die Worte, die für ihn keine Bedeutung hatten, nachzusprechen. Er sah mir auf die Lippen während ich sang, dann spielte er die kleine Melodie ohne Fehler und ich lobte ihn dafür.

„Für den Augenblick sollte es genug sein" sagte eine Stimme von der Tür her. Dort stand Ester. Ich wandte mich an Keno:

„Morgen, wenn wir wieder geschlafen und gefrühstückt haben, kommen wir wieder hierher, wenn du willst. Jetzt darfst du wieder im Garten spielen."

Er sah mich an, ausdruckslos wie immer, aber er nickte, ein kleines Nicken zwar, aber unzweifelhaft eine erste Reaktion. Dann griff er zu seinem Auto und ging in den Garten.

Erst eine Stunde später, als Ester und ich auf der Terrasse bei einer Tasse Kaffee saßen, bemerkten wir, dass er lautlos die Lippen bewegte. Ich glaubte zu erkennen, dass er versuchte, den Text nachzusprechen.

Am frühen Nachmittag fuhr ich in die Stadt und suchte ein großes Spielwarengeschäft auf. Dort erstand ich einen Klangteppich. Er sah aus wie ein Klavier, und durch Betreten oder Berühren mit der flachen Hand ließen sich Tonfolgen erzeugen. Der Teppich blieb im Auto. Er sollte ein Geschenk für Keno sein, wenn er anfing zu sprechen.

Dirk kam spät aus der Klinik. Keno hatte bereits zu Abend gegessen und lag in seinem Bett. Ester und ich aßen gemeinsam mit Dirk. Nach dem Essen sagte er: „Seine Mutter ist heute Nachmittag verstorben, ohne noch einmal das Bewusstsein erlangt zu haben. Was immer auch geschehen ist, sie kann es uns nicht mehr sagen."

„Willst du Keno sagen, dass..." Ester sprach nicht weiter. „Nein, auf keinen Fall" sagte Dirk. „Wir wissen nicht, wie er auf die Nachricht reagiert. Zum andern hat er bisher durch nichts zu verstehen gegeben, dass er seine Mutter vermisst. Falls er irgendwann nach ihr fragen sollte, müssen wir abwägen, wie lange wir die Tatsache vor ihm verheimlichen können und müssen. Derzeit sehe ich in dieser Hinsicht keinen Handlungsbedarf."

„Was heißt in dieser Hinsicht? Da kommt doch noch etwas" fragte Ester.

Dirk lächelte sie an. „In der Tat. Ich möchte eine von euch bitten, morgen zur zuständigen Polizeibehörde zu gehen, um Kenos Sachen zu holen. Die Bescheinigung vom Jugendamt, dass er vorerst bei uns wohnt, habe ich auf den Sekretär gelegt. Es sollte also keine Schwierigkeiten geben. Die Wohnungsauflösung sowie die Beerdigung ist Sache der Angehörigen, die die Polizei zu finden hofft."

„Und wenn es keine Angehörigen gibt?" fragte Ester. Dirk zuckte mit den Schultern. „Ich weiß es nicht. Für mich hat die Versorgung von Keno Priorität.".

Ester blicke auf ihren Timer.

„Ich habe morgen Nachmittag zwei Patienten. Ich könnte das also am Vormittag erledigen". Sie wandte sich mir zu. „Wäre es dir Recht, wenn ich fahre, während du mit ihm musizierst?"

„Natürlich, keine Frage".

3. Kapitel

Als ich erwachte, war es noch ziemlich dunkel. Ein Geräusch hatte mich geweckt. Es war die Stimme des Kindes, das Unverständliches sprach. Schnell lief ich in sein Zimmer. Ester war bereits bei ihm und strich ihm sanft über den Kopf. Keno schlief, schien aber zu träumen, denn er machte abwehrende Bewegungen, während seine Stimme einen weinerlichen Klang annahm. Ester machte mir ein Zeichen zu singen, und ich sang wieder Danny Boy. Schon bald wurden Kenos Bewegungen schwächer und hörten schließlich ganz auf, auch seine Stimme war verstummt. Seine Atemzüge wurden regelmäßig, er schlief.

„Hast du auch Lust auf einen Kaffee?" fragte mich Ester. Ich nickte und wir tapsten auf nackten Füßen in die Küche.

„Es lohnt nicht mehr, ins Bett zu gehen", sagte ich. „Lass uns die Morgendämmerung auf der Terrasse genießen."

Ester fragte unvermittelt: „Hast du schon Urlaubspläne?"

„Nein, du weißt doch, dass ich nicht gerne lange im Voraus plane. Ich entscheide mich lieber spontan."

„Die Sache ist die", fuhr Ester fort, „wir machen ja meistens Inselurlaub, weil Dirk gerne taucht und ich gerne surfe..."

„Ich weiß", fiel ich ihr ins Wort, „es dürften nicht mehr viele Inseln übrig bleiben, auf denen ihr noch nicht wart. Samoa, Seychellen, Malediven, Kapverden, Hawaii..."zählte ich auf.

Ester lachte. „Ach, ein paar gibt es noch. Eigentlich wollten wir in diesem Jahr nach La Réunion, aber mit Keno halte ich das für keine gute Idee. Erstens wissen wir nicht, wie er das Klima verträgt, zum anderen ist das Angebot für Kinder eher begrenzt. Deswegen dachte ich, dass wir vielleicht die Kanarischen Inseln in Erwägung ziehen sollten und..." sie machte eine Kunstpause „ich wollte dich fragen, ob du vielleicht mitkommen kannst und willst."

„Habt ihr schon einen zeitlichen Rahmen?"

„Ja, Anfang des Herbstes".

„Gib mir Zeit bis morgen, dann kann ich dir mehr sagen."

Wir hörten Schritte auf der Treppe. Dirk kam mit einer Tasse Kaffee in der Hand auf die Terrasse.

„Was macht ihr denn schon so früh hier?" fragte er. Ester erzählte ihm, dass Keno einen schweren Traum gehabt habe, und Dirk nickte dazu. „Sein Unterbewusstsein fängt mit der Aufarbeitung an" sagte er. „Hoffentlich spricht er bald" fügte er hinzu.

Wir waren bereits mit dem Frühstück fertig, als Keno in die Küche kam. Sein Auto hatte er wieder mitgebracht. Dirk verabschiedete sich von uns, und zum ersten Mal sah Keno ihn nur mit großen Augen an, jedoch ohne eine Spur von Panik.

Später, als wir im Musikzimmer waren, setzte er sich sofort an das Klavier und spielte die Tonfolge, die er gestern gelernt hatte. Ich sang den Text mit. Dann sagte ich ihm, ich müsse kurz telefonieren, er möge allein weiterspielen. Ich ging ins Nebenzimmer und hatte von dort sein Profil im Blickfeld. Und jetzt sah ich es ganz deutlich. Er bewegte stumm die Lippen zu der Melodie.

Beim Mittagessen berichtete ich Ester davon, und sie lächelte erfreut. Da sie am Nachmittag Patienten hatte und Juana mit der Wäsche beschäftigt war, schlug ich vor, mit Keno in die Stadt zu fahren, um dort ein paar Sachen für ihn einzukaufen. Das, was Ester am Morgen aus der Wohnung mitgebracht hatte, war zum größten Teil fadenscheinig und verwaschen. Bis auf wenige Stücke, die Juana sogleich in die Waschmaschine stopfte, hatte sie die anderen Sachen in den Abfalleimer geworfen. Auch an Spielzeug war kaum etwas vorhanden gewesen. Lediglich ein Teddy, der nach einer gründlichen Reinigung noch zu gebrauchen war, blieb übrig. Ester hatte die Gegenstände unter Bewachung aus der Spiel- und Schlafecke von Keno eingesammelt. Der Zustand der Wohnung sei katastrophal gewesen, erzählte sie.

Wir machten schnell eine Liste von den Kleidungsstücken, die noch benötigt wurden. Auch musste Keno vernünftiges Schuhwerk bekommen. Spielsachen waren momentan nicht notwendig, weil er ja alle Spiele aus dem Therapiezimmer benutzen konnte.

Da ich mich in dieser Stadt nicht wirklich gut auskannte, fuhr ich ins Parkhaus im Centrum und schlenderte dann mit Keno die Fußgängerzone entlang, bis wir die entsprechenden Geschäfte gefunden hatten. Lediglich eine Trachten-Lederhose fehlte noch. Wir liefen in einige Seitenstraßen auf der Suche nach einem Trachtengeschäft. Plötzlich blieb Keno unvermittelt stehen, den Blick starr auf die linke Seite der Straße gerichtet. In seinem Gesicht machte sich Panik breit. Ich drehte ihn um, zurück zur Fußgängerzone und sagte so fröhlich wie möglich: „Und jetzt essen wir beide ein Eis, was sagst du dazu?" Ich wiederholte den Satz noch zweimal, bevor ein Nicken ein Ja als Antwort ersetzte. Wir liefen noch ein Stück in Richtung Parkhaus, bis wir eine Eisdiele fanden. Anschließend fuhren wir zurück. Ich übergab Keno der Obhut Juanas, da Ester noch mit ihren kleinen Patienten beschäftigt war, und fuhr wieder in die Stadt. An der Stelle, an der Keno so abrupt gestoppt hatte, holte ich mein Handy heraus und markierte die Straße auf dem Stadtplan, dann machte ich von der linken Straßenseite mehrere Fotos, bevor ich wieder zu Ester fuhr.

Erst als Keno im Bett lag, luden wir die Bilder auf den Laptop und sahen uns jedes einzelne Haus aufmerksam an. Zuerst fiel uns nichts Besonderes auf. Mehrere Wohn- und Bürogebäude, eine Dönerbude, ein Sonnenstudio, ein Spielsalon und ganz an Ende ein 1-Euro-Shop. Erst nach mehrmaligem Betrachten entdecken wir im Souterrain eines Hauses noch ein Fotostudio. Allerdings war die Schaufensterbeschriftung bereits kaum noch lesbar. Die Scheiben schienen von innen verklebt oder gestrichen. Nichts von all dem ließ Rückschlüsse zu, warum Keno so heftig reagiert hatte. Auch Dirk hatte keine Erklärung, versprach aber, sich über besagte Straße zu informieren.

In dieser Nacht hatte Keno wieder einen schweren Traum, aus dem er aber schnell erwachte. Ich sang ihm an seinem Bett ein paar Schlaflieder vor, bis ihm die Augen wieder zufielen.

Am Morgen nahm Ester Keno mit ins Therapiezimmer. Sie schlug das Buch mit den Tieren auf und fragte ihn nach den Namen der Tiere und den Geräuschen, die diese Tiere machten. Wie immer blieb er stumm, aber bei dem Bild der Katze mit ihren Jungen huschte die Andeutung eines Lächelns über sein Gesicht. Ester fragte: „Hast du schon einmal eine Katze gestreichelt?" Keno sah sie an und schüttelte mit dem Kopf. Sie gab ihm ein anderes Buch zum Ansehen und ging zu Juana, die im Büro die Fenster putzte.

„Hast du eigentlich deine Katze noch?" fragte sie, und Juana nickte lachend. „Naturalmente"

„Dürfte Keno sie sich einmal ansehen?"

„Si, claro" gab Juana zurück.

Ester fand Keno vertieft in das Buch, das sie mit ihm angesehen hatte. Er legte es schnell zurück an seinen Platz, als Ester eintrat. Sie gab es ihm wieder in die Hand und sagte:

„Wenn du mir sagst, wie die Katze macht, dann darfst du heute Nachmittag eine echte Katze streicheln. Der Hund macht Wau, die Kuh macht Muh und wie macht die Katze?"

In Kenos Gesicht trat der Ausdruck ängstlicher Erwartung. Ester sagte: „Pass auf, Keno, ich gehe jetzt wieder hinaus, und du versuchst, „Miau" zu sagen. Wenn du es kannst, kommst du einfach zu mir". Damit verließ sie den Raum und ging in ihr Büro. Was Keno nicht wusste war die Tatsache, dass man durch einen einseitigen Spiegel den Raum beobachten und durch eine Gegensprechanlage in den Raum hineinhören konnte.

Keno sah sich die Katze an, dann bewegten sich seine Lippen, erst lautlos, dann brachte er einen Ton hervor, über den er selbst erstaunt zu sein schien. Er versuchte es noch einmal und noch einmal. Und dann war ein deutliches „Miau" zu hören. Er lief zur Tür. Ester schaltete die Gegensprechanlage aus und rief: „Ich bin hier im Büro, Keno." In der Tür stutzte er, als er Juana erblickte. Diese verstand und sagte: „Ich hole dir etwas zu trinken, tesoro" und verließ den Raum. Ester blickte ihn aufmunternd an. Keno holte tief Luft und dann sagte er: "Miau".

Nach dem Mittagessen, an dem auch Juana teilnahm, gingen Keno und ich mit zu ihr. Beim

Hereinkommen sahen wir bereits auf dem Fensterbrett im Wohnzimmer „Mila" sitzen, die sofort zu uns kam und in der Hoffnung auf etwas Essbares um unsere Beine strich. Ich kniete mich auf den Boden und zog Keno neben mich. „Du kannst sie jetzt streicheln" sagte ich. Vorsichtig streckte er die Hand nach ihr aus. Sie drehte sich schnell zu ihm um, was ihn erschreckte. Er zog die Hand zurück. Juana kam und gab ihm einen Katzenstick in die Hand. „Halte ihn Mila hin, und wenn sie daran knabbert, kannst du sie streicheln" sagte sie. Keno schien seinen ganzen Mut zusammen zu nehmen und folgte Juanas Vorschlag. Als er das weiche Katzenfell berührte, lief ein Lächeln über sein Gesicht. Erst waren seine Streicheleien noch ein wenig ungeschickt, aber sehr schnell fand er heraus, wie fest er über das Fell fahren musste. Als der Stick aufgefressen war, stieß Mila ihren Kopf an seinen Arm und begann zu schnurren. Kenos Gesicht floss fast über vor Begeisterung. „Miau" sagte er strahlend und Juana sagte automatisch: „Sie heißt Mila". „Mila" sagte auch Keno und nur ein schneller Blick von mir verhinderte, dass Juana in Jubel ausbrach.

Während Keno weiter mit der Katze spielte und sie mit einem neuen Stick fütterte, tranken wir Kaffee in der Küche. Nach ein paar Minuten kam Keno zu uns und zeigte auf die Katze, die ihm folgte. „Mila" sagte er wieder.

Juana versprach ihm, dass er bald wiederkommen dürfe, und Keno und ich verabschiedeten uns von ihr.

Als ich Ester von dem Erfolg des Nachmittags berichtete, fragte sie: „Wie habt ihr reagiert, als er sprach?" „Gar nicht" sagte ich, und sie nickte sichtlich erleichtert. „Mein einziger Patient heute kommt erst nach 16.00 Uhr" sagte sie. „Ich fahre mal schnell in die Stadt." Sie griff ihre Tasche und verschwand. Geheimnisvoll hielt sie die Hände hinter dem Rücken, als sie zurückkam.

„Keno, schau mal, was ich für dich habe" sagte sie. Sie zog die Hand hinter ihrem Rücken hervor und darin befand sich eine Stoffkatze, bezogen mit richtigem Fell. „Mila" sagte Keno und streichelte den Rücken des Kuscheltieres. „Du darfst sie behalten" sagte Ester. Möchtest du draußen mit ihr spielen?" Keno schüttelte den Kopf und ging mit „seiner" Mila in sein Zimmer.

Zwei Tage später kam der Durchbruch: Keno saß allein im Spielzimmer, blätterte das Buch mit den Tieren durch und machte leise bei jedem Bild das passende Geräusch nach. Nach einer Weile ging Ester zu ihm und nannte die Namen der Tiere. Sie benannte erst einmal die fünf ersten Tiere. Es waren diese Hund, Katze, Kuh, Vogel und Hahn. Sie nannte die Namen nur einmal und ging dann wieder in ihr Büro. Erst blätterte Keno die weiteren Seiten durch und sah sich die restlichen Bilder an. Als er zum Schaf kam, sagte er „Mäh". Dann fing er wieder von vorn an zu blättern und nannte jetzt die Namen der Tiere. Zusätzlich zu den fünf ersten fand er weitere, die er kannte und nannte entweder ihre Namen oder versuchte die Geräusche, die sie machten, nachzuahmen. Er schloss das Buch und lief in sein Zimmer, kam mit seiner Katze wieder und erklärte ihr jetzt die einzelnen Tiere, soweit er sie kannte. Ester ließ ihn gewähren und zeigte mit keiner Regung, dass sie alles mit angehört hatte.

An diesem Nachmittag schenkte ich ihm den Klangteppich und erklärte ihm, wie der darauf eine Melodie spielen könne.

4. Kapitel

Ich fuhr für einige Tage nach Hause, da ich noch ein Konzert vorzubereiten hatte. Es war nichts Großes. Mein ältester Fanclub hatte mich eingeladen, vor Beginn der Ferien ein Konzert zu geben. Es war dies seit einigen Jahren Tradition und machte mir sehr viel Spaß. In den Saal gingen etwa 200 Personen, die Atmosphäre war also sehr familiär. Meine Begleitband erhielt von mir vorab immer die Reihenfolge der Songs, die ich vortragen würde, und dann waren kurz vor dem Auftritt lediglich zwei oder drei Proben notwendig.

Nach dem Konzert packte ich wieder meine Taschen und fuhr zurück zu Ester und Dirk.

Wie freute ich mich, als ich hörte, dass Keno jetzt alle Gegenstände, die er kannte, auch benannte. Allerdings vermied er immer noch die direkte Ansprache. Er wusste wie Ester, Juana, Dirk und auch ich hießen, aber er sprach uns nie direkt an. Er zeigte nur auf etwas und benannte es. Auch hatte Ester ihm „Danke" und „Bitte" beigebracht. Ganze Sätze sprach er immer noch nicht, und Dirks Anwesenheit ertrug er nur, wenn eine von uns Frauen gleichzeitig im Raum war. Auch weigerte er sich, von Dirk einen Apfel, ein Getränk oder ein Spielzeug anzunehmen. Das berichtete mir Ester, während wir auf der nächtlichen Terrasse ein Glas Wein tranken. Da ich erst nach Einbruch der Dunkelheit angekommen war, hatte Keno schon geschlafen. Ich freute mich, ihn morgen wiederzusehen.

Dirk war in der Zwischenzeit nicht untätig gewesen. Er hatte die Polizei darum gebeten, die von Keno offensichtlich gefürchtete Straße ein wenig genauer unter die Lupe zu nehmen. Man hatte ihm einen Kripobeamten – Ingo Lauer - als Ansprechpartner benannt, der bei aller Lockerheit, die er ausstrahlte, sehr erfolgsorientiert zu sein schien. War es nun der akademische Grad, den Dirk innehatte, oder das persönliche Engagement des KHK Lauer, es vergingen nur wenige Tage bis Lauer bei Dirk in der Klinik vorbei schaute und ihm mitteilte, dass sich einige Leute in dieser Straße sowohl an Keno als auch an seine Mutter erinnerten.

Die Verkäuferin des 1-Euro-Shops sagte, dass Kenos Mutter ab und zu Billigspielzeug dort gekauft hätte, gelegentlich sei Keno, den sie als sehr still beschrieb, dabei gewesen.

Der Besitzer der Dönerbude hatte sogar noch mehr zu berichten. Mindestens einmal wöchentlich sei Kenos Mutter am Nachmittag bei ihm gewesen, oft hätte sie Keno für eine Weile dort gelassen mit dem Hinweis, sie müsse etwas erledigen. Wenn sie dann wiederkam, sei Keno immer nur sehr widerstrebend mit ihr gegangen. Selten sei sie mit dem Kind auch abends da gewesen, meistens hätte Keno nur etwas getrunken, sie seien dann immer schnell wieder gegangen. Wenn Keno abends kam, wirkte er immer sehr verstört. Wohin Kenos Mutter mit ihm oder ohne ihn gegangen sei, könne er nicht sagen.

Eine junge Frau, die im Erdgeschoss eines der Häuser wohnte, erkannte Kenos Mutter und ihn ebenfalls wieder. Sie sagte aus, dass zumindest an fast jedem Dienstagnachmittag die beiden an ihrem Fenster vorbei gekommen wären. Sie wusste dies deswegen so genau, weil am Dienstag ihre Schwester immer zu ihr zum Kaffee käme, und sie sie am Fenster stehend erwartete. Auch nahm sie an, dass Kenos Mutter - allein oder zusammen mit ihrem Sohn – das Fotostudio im übernächsten Haus besucht hätte. Sie habe angenommen, Kenos Mutter würde vielleicht dort putzen.

Die Überprüfung des Studios habe jedoch nichts ergeben. Angeblich sei der Mieter für einige Monate im Ausland. Der Vermieter gab der Polizei Name und Anschrift des Fotografen. Auch die Wohnung schien verweist. Ein Nachbar bestätigte, dass der Fotograf schon fast ein halbes Jahr auf Reisen sei. Dies komme immer einmal wieder vor. Eine andere Nachbarin kümmere sich in dieser Zeit um die Wohnung und die eingehende Post. Diese Nachbarin wusste zu berichten, dass der Fotograf für ein internationales Unternehmen Fotoreportagen machte. Sie zeigte Lauer die entsprechenden Zeitschriften und Bildbände, die sie stolz aufbewahrte.

Recherchen ergaben, dass der Fotograf sich tatsächlich seit über 5 Monaten im Südpolargebiet und im äußersten Süden Südamerikas aufhielt.

Nachdem Dirk aufmerksam zugehört hatte, fragte er Lauer, ob es ihm wohl möglich sei, mit dem Besitzer der Dönerbude ein Treffen an einem neutralen Ort zu arrangieren. Nicht er wolle mit ihm sprechen, aber er wüsste gerne, wie Keno auf ihn reagiert. Lauer versprach, sich darum zu kümmern.

Morgen Vormittag, um 10.00 Uhr, sollten wir „zufällig" Herrn Aziz – so hieß der Besitzer der Dönerbude - im Café an der Einkaufsstraße treffen, in dem ich mit Keno ein Eis gegessen hatte.

„Soll ich mit ihm fahren?" fragte ich Ester

„Ja, das wäre prima" sagte Dirk, „dann könnten Ester und ich ungesehen beobachten, wie er reagiert."

„Musst du denn morgen nicht in die Klinik?"

„Erst nach dem Mittag. Man muss auch delegieren können" grinste er „wozu ist man den Chef?"

Dann berichtete ich auf Nachfragen meiner Freunde vom Konzert, und dass ich zumindest in den kommenden zwei Wochen bei ihnen und Keno bleiben könne, was Dirk veranlasste, eine Flasche Wein zu öffnen.

Am Morgen, als ich mir gerade den ersten Kaffee in der Küche gebraut hatte und leise auf die Terrasse ging, da Dirk und Ester noch zu schlafen schienen, hörte ich tapsende Geräusche. Hinter mir stand ein erst erstaunter, dann strahlender Keno. Ich holte ihm ein Glas Saft und nahm ihn mit auf die Terrasse. Er blieb stehen und sagte: „Mila".

„Gut, hol sie, aber sei leise, die anderen schlafen noch!"

Er nickte und lief so leise, wie es bei den patschenden Geräuschen seiner Füße möglich war, in sein Zimmer. Wenig später kam er mit Mila zurück. Ich hatte ihm zwei Frühstückskekse auf einen Teller gelegt, mit denen er jetzt Mila „fütterte'".

„Darf ich Mila auch einmal streicheln?" fragte ich, und er überließ mir bereitwillig den hinteren Teil der Stoffkatze, da er ja am anderen Ende mit Füttern beschäftigt war.

„Die sorgst gut für sie. Ich glaube, sie ist dicker geworden" sagte ich. Er nickte ernsthaft und wiederholte: „ Hm, ja, dicker".

„Aber du bist noch immer sehr mager" fuhr ich fort, „ich glaube wir müssen heute mal wieder ein Eis essen gehen. Was meinst du?"

Ein Lächeln erschien auf seinem Gesicht. „Ja, Eis" sagte er und wollte in sein Zimmer, um sich anzuziehen.

„Es ist noch zu früh" sagte ich. Wir müssen erst warten bis Ester und Dirk aufgestanden sind und wir gefrühstückt haben."

„Wir sind bereits aufgestanden" sagte Dirk, der in Jeans und T-Shirt auf die Terrasse trat. "Ich hole uns Brötchen".

Vom Gartenweg aus winkte er Keno zu – und Keno winkte zurück.

Nach dem Frühstück, bei dem Keno seine Mila auf seinem Schoß behielt, fragte ich ihn: „Soll ich dir ein Foto von meiner Mama zeigen." Bisher hatten wir alle das Wort „Mama" oder „Mutter" sorgfältig vermieden. Ester hatte gestern die Idee gehabt, ihn einmal mit dem Wort zu konfrontieren. Als er „Mama" hörte, wurden seine Augen wieder groß. Schnell holte ich ein Foto meiner Mutter aus der Tasche und legte es vor ihn hin. „Meine Mama" sagte ich, wobei ich das „meine" betonte. Er sah sich das Bild an. Dann sagte er: „Mama...deine". und nickte dazu, bevor er sich wieder seiner Mila widmete.

Ester, die wieder vom Wohnzimmer aus zugesehen und zugehört hatte, sagte leise zu mir: „Merkwürdig."

Dirk hatte gestern noch erzählt, dass Kenos Mutter in der Zwischenzeit beerdigt worden sei, da Fremdverschulden am Tod nicht nachgewiesen werden konnte. Sollte sie sich die tödliche Injektion nicht selbst gegeben haben, hatte sie sich zumindest nicht gewehrt. Die Kosten für die Beisetzung habe die Stadt getragen, da keine Angehörigen ermittelt werden konnten. Auch die Nachforschungen bei der Stadtverwaltung ergaben keine brauchbaren Hinweise. Sie hatte vor einem knappen Jahr Sozialhilfe beantragt und behauptet, bisher in Südafrika gelebt zu haben. Papiere hatte sie keine, die seien angeblich gestohlen worden. Sie sei geflohen, da Kenos Vater gewalttätig gewesen sei und ihr und dem Kind nach dem Leben trachtete. Da sie weder Flugtickets noch einen sonstigen Nachweis für die Richtigkeit ihrer Behauptung erbringen konnte, und ihre Geschichte insgesamt nicht stimmig war, habe man ihren Antrag abgelehnt. Die Adresse, die sie angegeben hatte, stimmte ebenfalls nicht. Man hatte erst sie und dann die Angelegenheit aus den Augen verloren.

Der Vermieter des Hauses, in dem sie gefunden worden war, hatte angegeben, er habe ihr aus Mitleid die Wohnung vermietet, ohne ihre Papiere einzufordern. Sie habe die Miete − wenn schon nicht immer pünktlich − so doch monatlich bezahlt. Also war sie letztendlich unter dem Namen, dem sie ihrem Vermieter gegenüber angegeben hatte, anonym beigesetzt worden.

Keno hatte in den vergangenen Wochen nicht ein einziges Mal nach seiner Mutter gefragt.

5. Kapitel

Bevor Keno und ich zu unserer Verabredung in die Stadt fuhren, startete Dirk einen Versuch. Er reichte Keno einen Schoko-Riegel und sagte: „Bitte". Keno sah ihn lange an. Dann ergriff er meine Hand mit der Hand, in der er Mila hielt und streckte den anderen Arm zu Dirk aus. Er nahm ihm den Riegel aus der Hand und sagte: „Danke".

Das Eis schien gebrochen.

Wir mussten nicht lange in dem Eis-Café warten, bis sich eine Gestalt näherte, die der Beschreibung nach der Besitzer des Döners sein musste. Er sah kurz auf mich, dann auf Keno und kam auf uns zu. „Hallo mein Freund" sagte er zu Keno, der den Mann nicht hatte kommen sehen, da er sich mit Mila, die natürlich mit musste, beschäftigt hatte. Keno blickte auf. Dann kämpften mehrere Empfindungen in seinem kleinen Gesicht. Schließlich hob er die Hand und winkte. Der Mann zog eine Süßigkeit aus seiner Tasche und gab sie Keno, der sie ohne weiteres Zögern an sich nahm. Dann zeigte er auf seine Katze: „Mila" sagte er. „Meine Mila".

Der Mann sagte zu ihm: „Du hast Glück, hast du schöne Katze." Und dann mit Blick auf mich: „Muss ich zurück in mein Döner. Sehen wir uns bald, Keno." Er winkte zum Abschied und verschwand. Keno sah ihm nach, lächelte und löffelte dann genüsslich sein Eis. Aus den Augenwinkeln sah ich, wie Ester und Dirk sich ungesehen von Keno zu ihrem Auto begaben.

An diesem Abend, als Keno schlief, zogen wir zusammen mit Herrn Lauer, den Dirk zum Abendessen eingeladen hatte, ein Resümee der bisherigen Fakten und kamen zu dem Ergebnis: Wir wussten kaum mehr als zu Beginn der unseligen Geschichte. Einzig die Tatsache, dass Keno zu einigen Menschen seiner Umgebung Zutrauen zu fassen schien, machte uns froh.

„Was halten Sie davon, wenn wir bei den großen Zeitungen und im Fernsehen einen Aufruf starten: Wer kennt dieses Kind?" fragte Dirk.

Lauer schüttelte mit dem Kopf. „Solange wir nicht mehr wissen, halte ich das für keine gute Idee. Falls das Kind Zeuge eines Verbrechens oder Opfer eines Missbrauchs geworden ist, scheuchen wir mit einer solchen Aktion den oder die Übeltäter auf. Und wir würden unter Umständen auch Keno gefährden."

„Stimmt, da ist was dran" sagte Dirk. „Aber wie zum Teufel sollen wir jemals herausfinden, was da passiert ist?" Lauer lächelte charmant, um seinen Worten die Schärfe zu nehmen: „Ich schlage vor, sie kümmern sich um das Wohl des Kindes und überlassen den Rest uns, also der Polizei."

„Ok, verstanden... Schuster bleib bei deinem Leisten" antwortete Dirk, nicht im Mindesten pikiert. „Dann operieren wir auf verschiedenen Wegen..... Hoffentlich haben wir Glück."

Später, als Lauer gegangen war, sagte Dirk: „Ich bin ein Schaf, ich habe die ganze Zeit nur daran gedacht, dass Keno gesehen hat, was mit seiner Mutter geschehen ist. An Missbrauch habe ich gar nicht gedacht. Unter dem Aspekt ergibt sich ein völlig neues Bild. Gleichzeitig findet sich eine Erklärung für manche Verhaltensweisen. Ester, ich denke da musst du aktiv werden und gezielt Therapieansätze suchen und finden".

„Mir ist der Gedanke schon früher gekommen, ich habe nur nichts davon gesagt, weil wir einfach zu wenige Fakten haben. Aber du hast Recht, ich werde jetzt morgens mit ihm immer eine Therapiestunde abhalten. Vielleicht kommen wir so weiter".

„Hätte man bei der Untersuchung nicht feststellen müssen, ob er missbraucht worden ist?" fragte ich.

„Nicht jeder Missbrauch ist eine Vergewaltigung" sagte Dirk. „Es gibt ein großes Spektrum von Missbrauchshandlungen, die keine oder so gut wie keine körperlichen Spuren hinterlassen, dafür aber die Psyche eines Kindes schwer verletzen."

„Ich verstehe. Habt ihr für mich noch etwas zu tun, oder soll ich wieder nach Hause fahren?"

„Nein" sagten beide wie aus einem Mund, und Ester fuhr fort: „Du musst unbedingt bleiben. Es kann sein, dass während der Therapie Keno sein Verhalten mir gegenüber ändert. Ich hoffe es nicht, aber man kann das nie ausschließen. Du musst die Konstante in seinem Leben sein. Diejenige, die immer gleichbleibend nett, freundlich, fröhlich ist, der er vertrauen kann, die keine unangenehmen

Fragen stellt, ihm keine Spiele aufdrängt, die er nicht spielen will. Verstehst du was ich meine und wie wichtig das ist?"

Ich nickte. „Ich tue mein Bestes" sagte ich, und genau das meinte ich auch.

Nach den ersten Therapiestunden stellte Ester mit Erleichterung fest, dass Kenos Verhalten ihr gegenüber außerhalb des Therapiezimmers unverändert war. Jedoch machte sie noch eine andere Entdeckung. Die Tatsache, dass Keno kaum sprach, schien daran zu liegen, dass er einen für sein Alter viel zu geringen Wortschatz besaß. Bei einem unserer abendlichen Gespräche sagte sie:

„Ich male jetzt mal ein Scenario, wie ich es mir vorstelle: Kenos Mutter wohnte seit ca. einem Jahr in dem Haus. Sie war auf Drogen und wenn sie sich nicht um die Beschaffung kümmerte, hat sie geschlafen oder war high. Wie es scheint – das weiß ich von einem der Polizisten, mit denen ich in der Wohnung war – gab es nur Dosennahrung, einfach auf einem 1-Platten-Kocher aufgewärmt. Oder Weißbrot mit Nutella. Ich denke, dass sich niemand mit Keno unterhalten hat, außer vielleicht der Mann von der Dönerbude. Und dann waren da eventuell noch andere Männer, an die sich die Mutter für Stoff verkauft hat oder die Keno missbraucht haben. Auch dabei wurde sicher nicht viel gesprochen. Allerdings sah die Wohnung nicht so aus, als sei dort jemals ein Fremder gewesen. Auch haben die Leute im Haus ja nichts von Männerbesuchen erzählt. Mit anderen Worten, Keno war sich selbst überlassen. Deshalb lernt er jetzt erst viele Begriffe, die er eigentlich schon kennen müsste. Er ist übrigens geistig auf der Höhe, denn er begreift schnell."

„Wir sollten ihn, sobald er einigermaßen stabil ist, in einen Kindergarten schicken, damit er sich an den Umgang mit anderen Kindern gewöhnt'" sagte Dirk, der in einen Bademantel gehüllt, die Terrasse betrat. „War Keno eigentlich schon einmal im Pool?" fragte er.

„Das kann ich morgen übernehmen" sagte ich. „Ich habe ihn zwar mehrfach gefragt, aber er hat immer mit dem Kopf geschüttelt. Insistiert habe ich dann nicht mehr."

„Das war schon okay" gab Dirk zurück. „Jetzt allerdings könnte es mit ein wenig Überredung und einem entsprechenden Spielzeug gelingen, hoffe ich."

„Wird erledigt, Chef" lachte ich zurück.

Es war weit einfacher, als ich erwartet hatte. Schwimmflügel, ein Schwimmring, zwei Gummientchen und ein klein wenig Überredungskunst genügten, um ihn ins Wasser zu locken. Er saß auf den Treppenstufen und spielte mit den Enten. Als ich ihn in den Schwimmring setzte, klammerte er sich zwar an mich, aber nach ein paar beruhigenden Sätzen verlor er seine Angst. Bevor wir das Wasser verließen, planschte er schon ganz allein am Fuß der Treppe im Vertrauen auf seine

Schwimmflügel. Beim Abendessen sagte er unvermittelt zu Dirk: „Ich im Pool schwimmen, Enten auch."

Ester verbesserte ihn und sprach ihm langsam vor: "Ich bin im Pool geschwommen und meine Enten auch". Er lauschte aufmerksam, dann nickte er und sagte: „Ja". Wir hatten Mühe, unser Lachen zu unterdrücken.

Eine weitere Diskussion entstand zu dem Thema „Filme". Ester war der Meinung, sein Wortschatz sei noch nicht groß genug, um z.B. einem Märchenfilm zu folgen, außerdem könne man nicht abschätzen, ob nicht irgendeine Szene wieder etwas Verstörendes in sein Gedächtnis rufen würde. Selbst bei Comics wie Tom und Jerry könnten Szenen, in denen der Kater den Kürzeren zog, missverstanden werden. Dirk schlug vor, dass ich Keno selbstgemachte Märchen erzählen solle, vielleicht szenisch, um sie erlebbarer zu machen. Allerdings sollten die Märchen absolut gewaltfrei sein und keine Mutterrolle beinhalten. Ich versprach mir Katzengeschichten auszudenken, was den Beifall meiner Freunde fand.

6. Kapitel

Langsam bekam Kenos Tag Struktur. Nach dem Frühstück hielt Ester ihre Therapiestunde ab, danach gingen wir meistens in den Pool. Nach dem Mittagessen spielten wir entweder mit dem Musikteppich oder ich erzählte Märchen. Danach spielte Keno auf dem Rasen oder in seinem Zimmer. Vor dem Abendessen durfte er noch einmal in den Pool, und nach dem Abendbrot brachten ihn Ester oder ich ins Bett. Allerdings sagte er jetzt Dirk auch „Gute Nacht", jedoch auf den Arm nehmen und ins Bett legen durften nur Ester oder ich ihn.

So rückte die Zeit bis zum Urlaub immer näher. Dirk sagte, dass Keno einen Kinderausweis haben müsse und bat mich, mit ihm zum Fotografen zu gehen. Den Rest werde er erledigen. Ich fuhr mit Keno in die nächste Ortschaft auf der anderen Seite, dort sei ein kleines aber feines Fotostudio, hatte Ester mich wissen lassen.

Uns empfing eine junge Frau, die nach unseren Wünschen fragte. Ich sagte ihr, dass ich Passfotos des Kindes benötige, und sie bat Keno, auf einem Hocker Platz zu nehmen. Als sie die Digitalkamera auf ihn richtete schrie er auf und floh in meine Arme. Sanft hob ich ihn hoch.

„Schau, Keno, wir machen doch nur ein Foto von dir. Das tut nicht weh und ist gleich vorbei." Er schüttelte wild mit dem Kopf.

„Pass auf" sagte ich „jetzt macht die nette Frau ein Foto von mir, und du siehst zu. Dann bist du an der Reihe. Du wirst sehen, du musst keine Angst haben". Mit einem Blinzeln hatte ich der Frau zu verstehen gegeben, dass sie so tun sollte, als ob sie mich fotografiere. Sie ließ den Blitz kurz aufleuchten und sagte dann: „So, fertig".

Ich stand auf und setzte Keno wieder auf den Stuhl. Er hielt meine Hand fest und sah mich an. „Nicht ausziehen" sagte er. Ich lachte: „Nein, du brauchst dich nicht auszuziehen. Noch sind wir ja nicht im Urlaub". Während wir sprachen hatte die junge Frau die Gerätschaften so eingestellt, dass ohne weiteres ein Foto von Keno geschossen werden konnte. Sie rief ihn beim Namen, und als er zu ihr hinsah, betätigte sie den Auslöser. „So, fertig" sagte sie wieder, und Keno kletterte von seinem Stuhl und lief zur Tür.

„Moment, kleiner Mann" sagte ich. „Wir müssen noch bezahlen."

„Das können Sie erledigen, wenn Sie die Bilder abholen, in etwa einer halben Stunde" sagte die junge Frau.

Nach den Abendessen gab ich Dirk die Bilder, damit er den Kinderausweis beantragen konnte. Die Zeit drängte, bis zum Urlaub waren es nur noch drei Wochen.

Wir hatten uns auf Fuerteventura geeinigt. Es gab auf der Insel einige neue Ferienanlagen, die nach der Hauptsaison relativ ruhig waren. Für eine solche hatten wir uns entschieden, nur wenige Gehminuten vom Meer entfernt, mit mehreren Pools, auch einen für Kinder, und in einem wunderschön angelegten parkähnlichen Garten gelegen. Ich fragte mich, wie viele Ladungen Mutterboden da wohl nötig gewesen waren, um auf dem kargen Lavagestein diese pflanzliche Vielfalt zu erzielen. Die Anlage bestand aus drei Dutzend Bungalows, einem Haupthaus mit Rezeption und einem Restaurant. Außerdem gab es noch einige andere Gebäude, in denen ein Supermarkt, eine Bodega, zwei weitere Restaurants, ein Wellness-Bereich mit Fitness-Studio, ein Souvenirladen, ein Frisör und dergleichen mehr untergebracht waren. An den verschiedenen Pools befanden sich jeweils eine Bar und eine Snackbar. Der Kinderbereich mit Spielplatz war durch einen bepflanzten Bereich von dem der Erwachsenen getrennt.

Ester und Dirk hatten einen der großen Bungalows ausgesucht, am Rande der Anlage gelegen und somit ohne Lärmbelästigung durch Strandbar oder Bodega. Das Haus zog sich über zwei Etagen, hatte 3 Schlafzimmer, zwei Bäder, einen großen Wohnraum, eine voll eingerichtete Küche, einen Grillplatz und eine Sonnenterrasse. Ein Leihwagen zum Erkunden der Insel würde am Flughafen für uns bereitstehen.

Das alles hatte uns der Besitzer des Reisebüros, in dem Ester und Dirk immer ihre Urlaube buchten, beschrieben und den entsprechenden

Prospekt ausgehändigt. Blieb nur zu hoffen, dass die Bilder auf dem Flyer der Realität entsprachen.

Wieder fuhr ich für ein paar Tage nach Hause. Ich regelte, was zu regeln war, packte meine Koffer und Taschen mit Urlaubsgepäck, und fuhr noch einmal ins Tonstudio. Die Aufnahmen waren alle seit längerem fertig. Sie mussten nur noch zusammengemischt werden. Den gesamten Marketingbereich inklusive der Covergestaltung übernahm Johnnys Agentur. Und zum Erscheinen des neuen Albums war ich ja längst wieder zurück. Also verabschiedete ich mich, hinterließ, wo ich im Notfall zu erreichen war, und fuhr wieder zu meinen Freunden.

Dirk und Ester erzählten mir, dass Lauer inzwischen wieder bei ihnen gewesen sei und verschiedene Fragen gestellt habe. So u.a. ob Keno schon irgendetwas aus seiner Vergangenheit erzählt hätte. Ester berichtete, dass sie Lauer gesagt habe, in ihren Therapiestunden lasse sie Keno jetzt immer mit Puppen spielen, die allerdings noch nicht benannt worden seien. Nach dem Urlaub werde sie die Puppen mit Mama, Keno, dem Mann aus der Dönerbude usw. bezeichnen, um seine Reaktion zu beobachten und zu erleben, in welcher Interaktion er die Figuren miteinander verknüpfen werde. Außerdem sagte sie mit einem Grinsen, Lauer habe sich nach meinem Verbleib erkundigt. Irgendwie freute mich das, ich sagte jedoch nichts dazu.

Ester stichelte ein wenig: „Kann es sein, dass du eine Eroberung gemacht hast?"

„Ach, jetzt bilde dir nur nichts ein. Das war reine Höflichkeit, mehr nicht."

„Wir werden ja sehen", lachte Ester.

Und dann kam der große Tag. Der kleine Shuttlebus holte uns ab und brachte uns zum Flughafen. Kenos Augen waren groß wie Untertassen, als er die Flugzeuge sah, die gerade starteten oder landeten.

„In so ein Flugzeug steigen wir auch ein" sagte Dirk. „Und dann fliegen wir durch die Luft bis nach dem Mittagessen. Wenn wir dann wieder aussteigen, sind wir schon bald am Meer. Das ist ein ganz großes Wasser, davor ist Sand, mit dem du spielen kannst, und im Wasser darfst du natürlich planschen, allerdings nur mit Schwimmflügeln."

Keno nickte ernsthaft. „Ester und Eva auch?" fragte er, und Dirk nickte. „Du auch?" fragte er jetzt und blickte Dirk dabei an. Wieder nickte Dirk. „Ist gut" sagte daraufhin Keno. Dann drehte er sich zu mir und sagte: „Mila nicht ins Wasser, keine Schwimmflügel". Ester strich ihm über den Kopf und sagte. „Mila geht nicht ins Wasser, weil sie keine Schwimmflügel hat" und Keno sprach den Satz fehlerfrei nach. Danach klatschte er in die Hände, und auch wir applaudierten ihm.

Während des ersten Teils des Fluges kam Keno aus dem Staunen nicht mehr heraus. Er sah aus dem Fenster und fragte und kommentierte unentwegt. Nach dem Essen allerdings wurde er müde und nickte auf seinem Sitz ein. Als Ester ihn kurz vor der Landung zu wecken versuchte, benötigte sie einige Versuche, bis Keno die Augen offen behielt. Dann jedoch, das Flugzeug hatte bereits gewaltig an Höhe verloren, widmete er sich wieder den Gegebenheit auf der anderen Seite der Fensterscheibe.

Die Anlage, die wir nach einer knappen Stunde Fahrt mit dem Mietwagen erreichten, sah haargenau so aus wie in dem Prospekt, den wir vom Reisebüro erhalten hatten. Auch die Bungalows hielten jeder Kritik stand. Keno und ich bezogen die beiden Zimmer im Obergeschoss, die über einen Balkon verfügten. Dann zogen wir unsere Badeanzüge an, schlüpfen in Shorts und T-Shirts und begaben uns zum Pool, um an der Bar erst einmal etwas zu trinken. Keno bekam einen Saft, und wir Erwachsenen stießen mit einem Glas Prosecco auf einen schönen Urlaub an.

Am nächsten Morgen, nachdem wir ausgiebig gefrühstückt hatten, gingen wir zum Strand. Er war noch ziemlich leer, was damit zu erklären war, dass die Schule schon wieder begonnen hatte. Erst am Nachmittag würde es voller werden mutmaßten wir, aber dann wären wir schon wieder in der Anlage.

Dirk und Ester gingen mit Keno ins Wasser. Die Wellen irritierten ihn ein wenig. Dirk erklärte ihm, dass das Wasser nach Salz schmecke und er es nicht trinken dürfe. Als die erste Welle, die Keno bis zur Brust reichte, heranrauschte, machte er den Versuch, zurück zum Strand zu laufen. Da das zurückfließende Wasser ihn aber aus dem Gleichgewicht brachte, scheiterte der Versuch. Dirk griff zu und zog Keno hoch und aus dem Wasser. Ester und ich warteten gespannt, aber nichts geschah. Dirk setzte Keno wieder ab, und als die nächste Welle kam, hob er ihn wieder hoch, so dass die Welle unter Keno durchrauschte. Das Spiel gefiel dem Kind, und schon hören wir sein „noch einmal". Dirk tat ihm den Gefallen nur zu gern. Erst eine halbe Stunde später kamen beide strahlend aus dem Wasser.

„Der heutige Tag war ein großer Schritt nach vorn", sagte Dirk. „Er hat weder Angst vor dem Wasser noch vor mir." Und sein glückliches Lächeln sagte mehr als die Worte, dass er auf diesen Augenblick schon lange gewartet hatte.

7.Kapitel

Ich stand an der offenen Balkontür und sah hinaus. Noch war niemand außer mir wach. Gerade wollte ich mir einen Kaffee kochen, als ich Schritte auf der Treppe vernahm. Ester kam zu mir herein und fragte: „Willst du heute einmal den Wagen haben? Dirk und ich haben beschlossen, einen ganz faulen Tag einzulegen."

„Gerne, ich fahre dann mit Keno an den Teil der Küste, wo es Erdmännchen gibt. Es ist gar nicht weit von hier. Die Tiere sollen zahm sein und Nüsse aus der Hand fressen. Das macht ihm sicher Freude."

„Gute Idee. Da kommt er ja schon" sagte Ester und drehte sich zu Keno um, der mit Socken an den Füssen über den Laminatboden fuhr, wie es Eisläufer zu tun pflegen. Ich streckte meine Hand nach ihm aus, um ihm über den Kopf zu streichen. Es knisterte. Die statische Aufladung verursachte das Geräusch. Ich spürte ein Kribbeln im Finger, aber Keno schrie auf und floh, Panik im Gesicht, in Esters Arme. Er bekam wieder Schnappatmung und sah mich mit schreckgeweiteten Augen an. Ester nahm ihn auf den Arm und versuchte ihn zu beruhigen, jedoch ohne Erfolg. Dirk, den der Schrei geweckt zu haben schien, kam ins Zimmer. Ich verließ den Raum, blieb aber vor der Tür stehen.

Keno schluchzte Herz zerreißend und stammelte „Eva böse". „Nein, Eva ist nicht böse" sagte Ester. „Hat weh getan" artikulierte er unter Tränen.

Dirk flüsterte Ester etwas in Englisch zu, was ich nicht verstehen konnte. Sie wiegte Keno in den Armen und wartete, bis seine Atmung wieder normal ging. Dann fragte sie: „Hat dir schon einmal jemand so weh getan?" „Jaha" schluchzte Keno.

„War es Dirk?" fragte Ester. „Nein". „Oder Juana?" „Nein". „Oder ich". „Nein". „Wer war es dann?" „Der böse Mann", und wieder flossen die Tränen. „Wo hat er dir denn wehgetan?" fragte Ester weiter. Immer noch weinend zeigte Keno auf seine Shorts.

Nach meinem Herzen schienen Hände aus Eis zu greifen, und auch Dirks Blick sah man den Schock über das Gehörte an. Wieder flüsterte Dirk Ester etwas zu. „Hat der Mann einen Namen?" fragte Ester. Keno schüttelte den Kopf. „Und wo ist der Mann jetzt?" wollte Ester wissen. Keno zuckte mit den Schultern. Dirk mischte sich ein. „Der böse Mann kommt nie wieder, du brauchst keine Angst mehr zu haben." „Nie wieder?" fragte Keno. „Nie wieder" bestätigte Dirk. Dann wandte er sich zu mir um.

„Schau mal, Keno, Eva wollte dir gar nicht wehtun. Sie hat sich ja selbst auch wehgetan. Ich erkläre dir jetzt, warum es geziept hat, als Eva dich berührte, und dann seid ihr wieder Freunde, einverstanden?"

Keno schielte misstrauisch zur Tür, in deren Rahmen ich stand. Dirk nahm ihn mit auf den Balkon und erklärte ihm in einfachen Worten, wodurch die statische Aufladung entstanden ist, und wodurch sie sich entladen hat. Dann zeigte er ihm, wie man durch Reiben eines synthetischen Materials diese Auf- und Entladung herbeiführen konnte. Er demonstrierte es an sich und Ester. Beim dritten Versuch war das Knistern deutlich zu hören. Keno saß mit großen Augen dabei. Dann fragte er Ester: „Tut nicht weh?" „Nein, nur ein ganz kleines bisschen. Tut es dir noch weh?" Keno schüttelte den Kopf.

„Dann geh jetzt zu Eva und drück sie mal. Sie ist schon ganz traurig."

Keno kam zögernd näher. „Es tut mir leid, das wollte ich nicht" sagte ich, und Keno antwortete mit seinem Lieblingsslogan „Ist gut". Dann umarmte er mich. Wir Erwachsenen verständigten uns durch Blicke und Dirk sagte: „Wir sollten jetzt zum Frühstücksbuffet gehen".

„Ich will danach mit ihm zu der Erdmännchen Siedlung fahren" sagte ich. „Gute Idee" antwortete Dirk. „Über alles Weitere sprechen wir heute Abend."

Als wir eine Stunde später ins Auto stiegen, hatte Keno seinen Schrecken überwunden. Er spielte auf dem Rücksitz mit Mila, während wir Richtung Süden fuhren.

Ester und Dirk hatten mit mir vereinbart, Keno keine Fragen zu stellen, die sich auf den Vorfall heute am Morgen bezogen, und so sangen wir auf der Fahrt die Kinderlieder, die er inzwischen kannte, hielten an einem Supermarkt und kauften Nüsse für die Erdhörnchen und Getränke für uns. Wir stellten das Auto in den Schatten eines großen Rundgebäudes, dessen Verwendung mir nicht bekannt war, und wanderten ein Stück auf dem gepflasterten Weg, bis wir die ersten Erdmännchen in den großen Steinen am Meer sahen. Wir setzten uns auf eine der Bänke und öffneten die Tüte mit den Nüssen. Ehe wir noch die ersten Erdnüsse von der Außenschale befreit hatten, saßen bereits sieben oder acht der kleinen Kerlchen um uns herum. Keno quietschte vor Vergnügen. Als dann die ersten Tierchen die Bank erklommen und ihm die Nüsse aus der Hand nahmen, kannte seine Begeisterung keine Grenzen. Es dauerte keine halbe Stunde, da waren wir von ca. dreißig der niedlichen Tierchen umringt. Einige ließen sich streicheln, sofern man ihnen nur Nüsse gab. Irgendwann war unsere Tüte leer. Es dauerte eine ganze Weile, bis ich Keno davon überzeugen konnte, dass wir jetzt wieder zum Auto gehen mussten. Ich versprach ihm, vor unserer Abreise noch einmal hierher zu fahren, sofern er das wolle.

Im Hafen der kleinen Ortschaft fanden wir ein Café, das über eine Terrasse direkt am Meer verfügte. Keno bekam ein Eis, und ich trank einen Kaffee. Dermaßen gestärkt bummelten wir noch durch einen Basar, unter dessen Arkaden viele kleine Geschäfte ihre Waren feilboten. Ein Ziegenbock - das Wahrzeichen dieser Gegend - begeisterte Keno, so dass ich das Plüschtier für ihn erstand. Stolz trug er sein neues Spielzeug in seinem Armen zum Auto.

Auf dem Rückweg machen wir Halt an einer menschenleeren Badebucht und plantschten ein wenig im Wasser, bis es Zeit war, in die Anlage zurück zu fahren. Dort bekam Keno ein Stück Pizza, während wir Erwachsenen uns mit Getränken begnügten.

„Dirk war hier im Supermarkt und hat Fleisch für heute Abend eingekauft. Er möchte den Grill ausprobieren" sagte Ester. „Wenn wir uns vom Buffet Brot und Salat holen, wäre das für dich in Ordnung?"

„Natürlich".

„Dann gehe ich später mit Keno zum Essen ins Restaurant. Wenn er dann im Bett liegt, können wir in Ruhe essen, ein gutes Glas Wein trinken und das heute Gehörte diskutieren. Wie hat er sich denn während eurer Tour verhalten?"

„Völlig normal, er war ganz aus dem Häuschen, als die Erdmännchen ihn umlagerten und hat später im Auto seiner Neuerwerbung – dem Ziegenbock – alles noch einmal erzählt."

Wie aufs Stichwort kam Keno angelaufen, nahm mich bei der Hand und sagte: „Eva komm." Ich folgte ihm. Ein kleines Stück hinter der Strandbar, an der wir saßen, hatte sich eine Familie mit zwei kleinen Mädchen am Pool niedergelassen. Zu dem einen Kind führte er mich jetzt und zeigte auf mich, als das Mädchen von seinem Spielzeug aufblickte.

Ich nickte den Eltern zu, kniete mich zu den beiden Kindern auf den Boden und frage das Mädchen wie es heiße. Das Kind sah mich mit großen Augen an und schüttelte dann den Kopf. Die Mutter sagte: „Sorry, Madam, she speaks only our language". Also fragte ich das Kind noch einmal in Englisch nach seinem Namen und erhielt jetzt eine Antwort. „Cristin" sagte das Mädchen. Auf Keno zeigend nannte ich seinen Namen und sagte ihm, dass sie ihn leider nicht verstehen könne, da sie seine Sprache nicht spreche.

„Erinnerst du dich an das Lied, das wir zusammen gesungen haben?" frage ich Keno „Danny Boy"? Er nickte. „Das ist die Sprache, die Cristin spricht, man nennt das Englisch." Keno sah mich an und sagte dann: „Sing Danny Boy". Ich zögerte einen Augenblick, aber dann dachte ich: was soll's und begann zu singen. Keno sang mit. Im Stillen wunderte ich mich, dass er den Text, der ihm ja nichts sagte, fast fehlerfrei mitsingen konnte. Cristin lauschte andächtig, und auch die Eltern des Mädchens und ein paar andere Touristen hatten sich in ihren Liegen aufgesetzt und sahen zu uns herüber. Als wir das Lied beendeten klatschten ein paar Leute Beifall – und Keno klatschte voller Inbrunst mit.

Da er bei Cristin bleiben wollte, die ihn jetzt mit strahlenden Augen ansah, sagte ich ihren Eltern, dass wir uns auf der anderen Seite der Strandbar befänden und ging wieder zu Dirk und Ester, um ihnen die neueste Entwicklung mitzuteilen.

„Auf jeden Fall muss er im neuen Jahr in den Kindergarten" sagte Dirk. „Er blüht unter den anderen Kindern richtig auf." Ester nickte. „Ich hoffe, ihn bis dahin stabilisiert zu haben", sagte sie. „Sobald das geschehen ist, kann er in den Kindergarten."

An diesem Abend bedurfte es keiner Überredungskunst, um Keno davon zu überzeugen, dass er schlafen gehen müsse. Er nickte schon fast beim Abendessen ein, und sobald sein Kopf das Kissen berührte schlief er.

Dirk hatte sich als Grillmeister selbst übertroffen. Die Steaks waren zart und innen noch rosa. Wir ließen uns Zeit mit dem Essen und tranken dazu einen trockenen Roten. Nach einer Weile sagte ich. „Ich möchte euch etwas fragen. Sollte ich damit Grenzen überschreiten, ignoriert die Frage. Wenn ich euch so mit Keno spielen sehe, stellt sich mir die Frage, warum ihr keine eigenen Kinder habt."

Wir hatten in der Vergangenheit das Thema Kinder nie angesprochen. Warum das so war, konnte ich nicht sagen, jedoch hatte ich den Eindruck, dass beide fantastische Eltern gewesen wären.

Ester antwortete zuerst. „Ja weißt du, als wir mit dem Studium fertig waren, wollten wir erst einmal unseren Platz im Berufsleben finden. Dann haben wir das Haus gekauft, und erst als ich mir die Praxis dort eingerichtet habe, wäre es möglich gewesen, trotz Arbeit ein Kind zu haben. Allerdings wurde ich nicht schwanger. Nach drei Jahren gaben wir den Versuch auf, und nein, woran es liegt, dass ich nicht schwanger wurde, weiß ich nicht."

Dirk ergänzte. „Bisher hat uns auch nichts gefehlt, aber seit Keno da ist, merke ich erst, wie schön es ist, Kinder zu haben. Wir werden ihn auf jeden Fall behalten. Da er Vollwaise zu sein scheint, steht einer Adoption nichts im Wege."

Ester sah mich schelmisch an. „Ich gebe jetzt mal die Frage zurück. Warum bist du kinderlos?"

„Ganz einfach, weil ich nicht den Mann gefunden habe, für den ich meinen Beruf zugunsten einer Familie hätte aufgeben wollen. Meine Beziehungen in der Vergangenheit waren einfach nicht stabil und dauerhaft genug. Und mit dem „Tantenstatus" bei Keno bin ich sehr zufrieden."

„Darauf wollen wir anstoßen" schlug Ester vor.

8. Kapitel

Der Urlaub war – wie jeder Urlaub – viel zu schnell vergangen. Der Sommer neigte sich dem Ende zu, und die Abende waren schon sehr kühl. Ich war wieder nach Hause gefahren. Das Erscheinen meines neuen Albums stand kurz bevor. Danach, so hatte ich meinen Freunden versprochen, würde ich wieder einige Zeit bei ihnen verbringen.

Ester hatte ihre Therapie mit Keno fortgesetzt und die Therapiepuppen benannt. Ganz langsam tastete sie sich an seine Vergangenheit heran.

Eine blonde Puppe hatte sie „Mama" genannt. Kenos Reaktion war eindeutig. Erst ignorierte er sie, später legte er sie in eine andere Ecke. Er spielte mit „Cristin", mit „Azis", mit „Eva" und mit „Dirk". Ester hielt eine Puppe, es war Ken aus der Barbie-Serie, in der Hand und sagte: „Das ist der böse Mann, darf der auch mitspielen?" Kenos erschreckter Blick fiel auf die Puppe. „Ist nicht böser Mann" sagte er und spielte weiter mit „Cristin".

„Warum sagst du, dass das nicht der böse Mann ist?" fragte Ester.

„Böser Mann hat andere Haare?"

„So, was hat er denn für Haare?"

„Wie Dirk."

„Also blond", murmelte Ester. Jetzt verstand sie auch, warum Keno anfangs Dirk gegenüber so misstrauisch gewesen war. Zumindest was die

Haarfarbe betraf, schien eine gewisse Ähnlichkeit zwischen ihm und dem „bösen Mann" zu bestehen. Sie machte sich ein paar Notizen. Dann ließ sie Keno weiterspielen und zog sich in ihr Büro zurück, von wo aus sie ihn durch die Scheibe beobachten konnte.

Am Abend berichtete sie Dirk von den neuen Erkenntnissen. Er rief Lauer an und teilte ihm mit, dass es vermutlich einen Missbrauch des Kindes durch einen blonden Mann gegeben habe. Lauer bedankte sich und fragte, wie es mir gehe. Dirk sagte, ich werde in etwa einer Woche wieder bei ihnen sein. Lauer versprach, wenn er neue Informationen habe, sich sofort zu melden.

Es war schon lange dunkel draußen, und ein leichter Nieselregen hatte eingesetzt, da ertönte die Türklingel. Ester sah Dirk fragend an, der aber schüttelte den Kopf zum Zeichen, dass er niemand erwartete.

Dirk war zur Gegensprechanlage gegangen und sah auf den Monitor. Sie hörte ihn sagen: „Ich werd' verrückt", und dann betätigte er den Öffner. Er riss die Haustür auf uns rief: „Ja, das glaube ich jetzt nicht! Was für eine Überraschung!" Eine Männerstimme antwortete etwas, was Ester nicht verstehen konnte. Dann betrat Dirk mit einem anderen Mann das Zimmer. Ester sprang auf und rief: „Mein Gott, Holger, bist du das wirklich? Wie lange ist es her?" und umarmte ihn.

Holger war Dirks Halbbruder. Holger sagte: „Ich bin heute in der Stadt angekommen und habe mir gedacht, ich schau mal vorbei, ob es euch noch gibt."

„Setz dich", sagte Ester „Kaffee, Wein oder Bier?"

„Kaffee, bitte" sagte Holger und nahm auf der Couch Platz. Dirk setzte sich neben ihn, während Ester in die Küche lief, um die Kaffeemaschine zu starten.

„Woher kommst du jetzt?" fragte Dirk.

„Aus Italien natürlich. Ich habe ein paar Tage frei und etwas zu erledigen. Da dachte ich, ich überfalle euch."

„Gute Idee" sagte Ester, die ein Kaffeegedeck und eine Schale mit Keksen vor Holger hinstellte.

„Und, was gibt es Neues bei euch?" fragte Holger.

„Wir haben Zuwachs bekommen" antwortete Dirk. „Ein Pflegekind, einen kleinen Jungen."

„Wo steckt er?" fragte Holger. Ester antwortete: „Er schläft bereits. Wenn du versprichst, ganz leise zu sein, zeige ich ihn dir." Die beiden erhoben sich und gingen ins Obergeschoss, wo sich die Schlafzimmer befanden.

Kurze Zeit später kamen sie wieder herunter, und Holger sagte: „Ein süßes Kerlchen, wie seid ihr an ihn gekommen?"

Dirk erzählte die Geschichte in Stichworten. Holger hörte schweigend zu.

„Und was genau erhofft ihr von ihm zu erfahren?" fragte er.

„Hauptsächlich, ob bei der zum Tode führenden Überdosis seiner Mutter noch eine andere Person im Spiel war, und wie er vor ihrem Tod gelebt, und was er in dieser Zeit erlebt hat."

„Und? Habt ihr schon Ansätze?"

„Noch nichts Brauchbares. Aber wir bleiben dran" sagte Dirk. „Aber jetzt erzähl mal von dir. Wie lange bleibst du? Und willst du in dieser Zeit bei uns wohnen?"

„Wie lange genau ich bleiben kann, weiß ich jetzt noch nicht. Das ergibt sich frühestens morgen aus einigen Gesprächen, die ich führen muss. Und nein, vielen Dank, ich möchte nicht bei euch wohnen. Es ist im Hotel komfortabler, weil zentraler." Er trank ein paar Schlucke Kaffee. „Sollte sich mein Aufenthalt noch länger hinziehen, würde ich gerne noch einmal vorbeischauen."

Ester stand auf und gab ihm eine Karte aus der Box, die am Telefonschränkchen stand. „Ruf einfach vorher an, dann machen wir ein schönes Abendessen, Frühstück oder Kaffeetrinken, je nach Tageszeit" sagte sie. „Alle Nummern findest du auf der Karte. Irgendjemand ist immer zu erreichen."

Holger bedankte sich, trank seinen Kaffee aus und ging zur Tür. „Also gut" sagte er „so machen wir es." Er umarmte Ester und Dirk und verließ das

Haus. Kurze Zeit später hörten sie, wie der Motor eines Autos gestartet wurde.

„Kennt Eva eigentlich Holger?" fragte Ester. Dirk schüttelte den Kopf. „Als wir sie kennengelernt haben, habe ich zwar von ihm erzählt, aber gesehen hat sie ihn nie. Er war damals nach den Tod seiner Frau gerade abgetaucht."

„Stimmt"

Am nächsten Tag, in der Therapiestunde, gab Ester Keno andere Puppen, ohne Namen, aber sie erzählte zu den Puppen Geschichten. Eine Puppe hatte immer Hunger, eine andere wollte nicht schlafen, eine dritte schrie immer, und die vierte warf Steine auf Katzen. Dann ließ sie Keno spielen und beobachtete. Erst spielte er unauffällig, indem er sie hinsetzte und ihnen Teller hinstellte. Dann sagte er zu der Puppe, die immer schrie: „Sei still, sonst kommt der Fotograf." Ester lauschte angestrengt. Keno, der in die Rolle der Puppe geschlüpft war, jammerte ein wenig. „Nicht Fotograf, nicht Fotograf." „Dann du still". Eine ganze Zeit lang passierte nichts Außergewöhnliches. Dann schien ihm einzufallen, dass ja eine der Puppen Steine auf „Milas" warf. Er nahm die Puppe und sagte: „Zieh aus". Er entkleidete die Puppe, setzte sie auf einen Stuhl und schien etwas zu suchen. Schließlich holte er einen Stift und stach damit die Puppe, die anfing zu wimmern. Er tat so, als fotografiere er die Puppe, und sagte dann: „Du keine Steine mehr auf Mila werfen. Ich mache wieder

Foto." Dabei blickte er so grimmig drein, wie es ihm möglich war, und schubste die Puppe vom Stuhl.

Ester rief aus dem Büro: „Keno, Zeit für Saft und Kekse", bevor sie das Spielzimmer betrat. Er beendete sofort sein Spiel und lief zu ihr. Dann zeigte er auf die Puppen und sagte: „Alle lieb".

Nach dem Imbiss bat Ester Juana, kurz auf Keno aufzupassen, da sie ungestört telefonieren wolle. Sie versuchte Dirk zu erreichen, aber der war mit einem Patienten beschäftigt und dürfe nicht gestört werden, wie ihr die Assistentin mitteilte. Also rief sie Lauer an. Sie erreichte ihn auf seinem Handy und schilderte ihm kurz, was sie beobachtet hatte. „Es scheint doch so, als habe der Fotoladen eine Bedeutung" schloss sie ihre Ausführungen. Lauer antwortete: „Bitte, unternehmen Sie nichts, ich kümmere mich darum."

Als später Dirk zurückrief, berichtete sie ihm in Stichworten von Kenos Spiel und was sie Lauer erzählt hatte. Dirk sagte: „Wir reden heute Abend weiter, ich muss zurück auf die Station."

9. Kapitel

Die Vorstellung meines neuen Albums war wieder ein Erfolg, die Verkaufszahlen sprachen eine deutliche Sprache. Ich hatte mich direkt am nächsten Tag wieder auf den Weg zu meinen Freuden gemacht und war froh, wieder mit ihnen und Keno zusammen sein zu können.

Juana und ich saßen auf der hinteren Terrasse, wo ich ihr beim Wäschefalten half und ein Auge auf Keno hatte, der im mittlerweile beheizten Pool mit seinen Schwimmflügelchen herumplanschte, als es schellte. Juana ging zur Tür und kam wenig später zurück.

„Da ist ein Herr Lauer" sagte sie.

„Pass bitte auf Keno auf, ich gehe zur Tür" sagte ich. Gerade als Lauer die Stufen erklommen hatte, öffnete ich die Eingangstür.

„Hallo, Herr Lauer" begrüßte ich ihn, „schön Sie zu sehen, wenn auch der Augenblick nicht gerade glücklich gewählt ist. Dirk ist in der Klinik und Ester hat Patienten."

„Ich wollte nicht zu Ihren Freunden... ich wollte zu Ihnen" sagte Lauer.

„Dann kommen Sie bitte mit nach hinten", antwortete ich, und führte ihn ums Haus herum auf die hintere Terrasse.

Lauer und Juana begrüßten sich, und Juana sagte: „Ich hole Keno aus dem Pool und ziehe ihn wieder an. Er war lange genug im Wasser." Dann packte sie den Stapel Wäsche, den wir gefaltet hatten, und rief Keno.

„Hallo Keno" sagte Lauer, als das Kind an ihm vorbei lief. Keno drehte sich um, sah Lauer an und lief dann weiter zu Juana, die mit ihm im Haus verschwand.

„Was kann ich für Sie tun?" fragte ich. Lauer entgegnete: „Ich wollte Sie fragen, ob Sie vielleicht einmal mit mir zu Abend essen würden."

Ich sah ihn an. „Ist dies eine dienstliche Frage?"

„Nein, rein privat."

„Nun, warum nicht? Haben Sie sich schon weitergehende Gedanken gemacht?"

Er lachte. „Samstagabend wäre großartig, und ja, ich würde Sie gern in ein kleines französisches Lokal etwas außerhalb entführen. Es hat eine sehr gute Küche und ausgezeichnete Weine. Damit Sie etwas trinken können, würde ich Sie auch abholen und natürlich wieder zurück bringen."

„Dann können Sie aber den ausgezeichneten Wein nicht konsumieren."

„Was halten Sie von der Idee?" fragte er, ohne auf meinen Einwand einzugehen.

„Gerne, Samstag um acht Uhr abends?" fragte ich, und er nickte.

„Sie brauchen keine Angst zu haben, dass plötzlich mein Telefon schellt und ich Sie mit der unbezahlten Rechnung im Restaurant sitzen lasse" lachte er jetzt. „Diese Situation, die wir aus diversen Krimis kennen, findet im realen Leben nicht statt. Da gibt es nämlich diensthabende Kollegen, die sich um akute Fälle kümmern müssen."

Auch ich lachte jetzt. „Das ist tröstlich'" sagte ich „was aber verschafft mir die Ehre?"

Er wurde ernst. „Zum einen sind Sie eine sehr attraktive Frau, und zum anderen – ich gestehe – bin ich schon seit etlichen Jahren ein Fan ihrer Musik. Ich habe bisher nur nicht zu fragen gewagt, weil ich nicht wusste..." Er suchte nach Worten. „Also, ich meine, in verschiedenen Zeitschriften stand, dass Sie...äh gebunden sind, und es ist nicht meine Art..."

Ich unterbrach ihn. „Sie meinen sicher die Gerüchte, dass mein Produzent und ich ein Verhältnis haben" sagte ich. „Da kann ich Sie beruhigen, wir haben vor vielen Jahren mal den Versuch unternommen, mussten aber feststellen, dass das nicht funktioniert. Und deswegen sind wir zwar die besten Freunde aber kein Paar. Außerdem" fügte ich hinzu „bevorzugt Johnny deutlich jüngere Partnerinnen."

Lauer strahlte. „Nun, wo das geklärt ist, werde ich mich wieder verabschieden. Bis Samstag."

„Vielleicht möchten Dirk oder Ester noch mit Ihnen sprechen."

„Das können wir gerne tun, wenn ich Sie nach dem Essen zurück bringe."

Wir reichten einander die Hand, und ich brachte ihn wieder zur Gartenpforte.

Als Esters kleiner Patient gegangen war, erzählte ich ihr von Lauers Besuch.

„Also hast du doch eine Eroberung gemacht" sagte sie lachend.

„Scheint fast so" sagte ich. „Ich hoffe, es ist für euch in Ordnung, wenn ich am Samstag mit ihm zum Essen gehe."

„Natürlich, du bist doch hier keine Gefangene" frotzelte Ester. „Und wenn er dich zurück bringt, trinken wir noch zusammen einen Absacker. Ich bin sicher, Dirk wird sich auch darüber freuen." Damit war das Thema erst einmal abgehakt.

Am Abend erzählten mir meine Freunde, dass Dirks Halbbruder, Holger, sie zwischenzeitlich besucht habe.

„Er wollte vor seiner Rückreise nach Italien noch einmal vorbei kommen, hat dies aber nicht getan" sagte Ester.

„Vielleicht musste er schneller zurück als erwartet" sagte ich. Dann fragte ich Dirk: „Bist du mit Holger aufgewachsen? Und von welcher Seite deiner Eltern stammt er?"

Dirk nippte an seinem Wasser. „Von Vaters Seite" sagte er.

„Ich hole uns etwas zu trinken" sagte Ester „Dirk kann dir einen Überblick geben, damit du informiert bist. Falls du Holger hier kennenlernst, weißt du, wie die Dinge zusammenhängen."

Dirk lehnte sich zurück und erzählte: „Ich war damals 16 Jahre und ein paar Monate, als plötzlich eines Tages ein Junge, nur unwesentlich älter als ich, vor unserer Tür stand und meinem Vater mitteilte, dass er sein Sohn sei. Die Angaben waren richtig, da mein alter Herr, kurz bevor er meine Mutter kennenlernte, eine Affäre mit einer anderen Frau hatte. Das Produkt dieser Liaison war Holger, der das allerdings erst erfuhr, nachdem seine Mutter das Zeitliche gesegnet hatte. Alle Angaben hielten jeder Prüfung stand, und darüber hinaus war meine Mutter der Meinung, man könne das Kind doch nicht einfach sich selbst überlassen. Kurz und gut, Holger zog bei uns ein und besuchte die gleiche Klasse auf dem Gymnasium wie ich.

Wir machten im gleichen Jahr Abitur, und da er ein großes musikalisches Talent besaß, waren sich alle einig, dass er Musik studieren sollte. Für mich war immer schon klar, dass ich Psychologie studieren würde, und so zogen wir beide in die Welt hinaus und studierten in Wien. Wir teilten uns sogar eine Wohnung. Holger war sehr an meinem Studium interessiert, genau wie ich an seinem. Das ist übrigens der Grund, weshalb ich später mit Johnny Musik gemacht habe. Dadurch haben wir beide — du und ich - uns schließlich kennengelernt. Aber zurück zu Holger. Ich hatte in der Zwischenzeit

Ester kennen und lieben gelernt, und wir hatten vor, eine gemeinsame Wohnung zu nehmen. In den Semesterferien probierten wir das Zusammenleben schon einmal aus, da Holger uns mitgeteilt hatte, er werde einige Wochen durch die Welt ziehen. Wohin er wollte, verriet er nicht.

Als das neue Semester begann, zogen Ester und ich in eine eigene kleine Wohnung, und Holger behielt unser bisheriges Appartement. Er beendete sein Studium etwas früher als ich und ging nach Italien. Anlässlich meiner Approbationsfeier, zu der er natürlich auch eingeladen war, teilte er uns mit – meine beiden Eltern lebten damals noch - dass er die Frau, mit der er angereist war, in aller Stille geheiratet habe. Seine bildschöne Frau Selena hatte vietnamesische Wurzeln von Seiten der Mutter, der Vater war Deutscher. Allerdings war die junge Frau gehandicapt. Sie konnte nicht sprechen, verstand aber alles. Und während Ester und ich nach unserem Examen nach Deutschland zurückgingen, zogen Holger und Selena nach Rom. Wir hatten in dieser Zeit keinen sehr intensiven Kontakt, da jeder von uns damit beschäftigt war, sich eine Karriere aufzubauen und in der sogenannten Gesellschaft zu etablieren.

Dann, ich hatte gerade Johnny kennengelernt und beschlossen, mit ihm Holger zu besuchen, der unsere Kenntnisse über Musik sicher um einige wertvolle Ratschläge erweitern konnte, erfuhr ich, dass Holger nicht mehr in Rom lebte. Selenas Eltern, die ich angerufen hatte, ließen mich wissen, dass sie mittlerweile in Mailand ein neues Zuhause gefunden hätten. Aber auch unter der angegebenen Adresse fand ich Holger nicht, so dass wir unverrichteter Dinge wieder nach Hause fuhren. Wochen später schrieb mir dann Holger, dass seine Frau aus einem Fenster im obersten Stockwerk des Hauses, in dem sie gewohnt hatten, gesprungen sei, und er erst einmal eine Auszeit benötigte, um sich wieder zu fangen. Gesprächsangebote meinerseits lehnte er ab. Bis zum heutigen Tage habe ich ihn – glaube ich – nur noch zweimal gesehen. Einmal als ich bei einem Kongress in England war, da traf ich ihn zufällig. Und dann haben wir uns – das ist jetzt auch schon acht Jahre her – in Berlin verabredet und getroffen. Das war nach dem Tod unseres Vaters. Da ging es um das Erbe. Tja, und jetzt war er wieder hier…"

Ester und ich hatten schweigend zugehört. „In der Vergangenheit bin ich nie so richtig warm mit ihm geworden, vielleicht wird das jetzt anders, wenn er öfter hier ist", sagte sie.

Als ich schlafen ging, hatte ich Holger schon wieder vergessen. Ich freute mich auf Samstag.

Am Morgen wurde ich geweckt von Kenos Husten. Ich lief in sein Zimmer. Er sah unter seiner braunen Haut ganz blass aus. Ich lege ihm die Hand auf die Stirn und stellte fest, dass er Fieber hatte. Im Bad holte ich Hustensaft und in der Küche ein Glas mit Orangensaft und gab ihm beides. „Du wirst heute im Bett bleiben müssen" teilte ich ihm mit. „Ich erzähle dir auch eine schöne Geschichte".

„Von Katzen?"

„Ja, wenn du magst, erzähle ich dir etwas von Katzen. Möchtest du einen Keks essen?"

Er schüttelte den Kopf.

„Aber ein Joghurt isst du bestimmt. Mit Erdbeeren." Ein Nicken war die Antwort, und ich ging in die Küche, um das Gewünschte zu holen. Das Schlucken schmerzte ihn offensichtlich, aber er löffelte tapfer den ganzen Topf leer. Dann legte er sich wieder zurück.

„Ich dusche jetzt und koche mir Kaffee, dann komme ich wieder" sagte ich zu ihm.

„Was ist los, was hat er?" fragte eine besorgte Stimme von der Tür her. Dirk stand im Rahmen.

„Er ist erkältet, hat Fieber. Ich denke, er sollte im Bett bleiben."

Dirk holte ein Thermometer aus dem Medizinschrank. „38.9" sage er. „Da ist Bettruhe angesagt." Und zu mir gewandt: „Ich hole Brötchen, sobald Ester fertig ist, löst sie dich ab."

Nach dem Frühstück ging ich wieder zu Keno, der zwischenzeitlich wieder eingeschlafen war. Ester und Dirk waren in die Stadt gefahren, um ein paar Besorgungen zu machen. Nachdem Keno erwacht war, erzählte ich ihm eine Katzengeschichte, in der Mila eine Rolle spielte.

Zum Mittagessen gab es heute nur eine Kleinigkeit. Dirk und Ester wollten heute noch einmal grillen, und ich war schließlich zum Essen verabredet.

Pünktlich zur angegebenen Zeit holte mich Ingo Lauer ab. Wir fuhren quer durch die Stadt, bis wir in die schon fast ländlich zu nennenden Außenbereiche kamen. Vor einem ansprechenden kleinen Restaurant hielten wir an.

„Ein Tisch für zwei Personen auf den Namen Lauer" beschied Ingo dem herbei eilenden Kellner. Dieser führte uns zu einer Nische, in der ein hübsch gedeckter Tisch stand. Grau und Silber waren die vorherrschenden Farben von Tafeltuch, Kerzen und Tischdekoration. Auch die Speisekarte war in graues Leinen gebunden.

Lauer fragte: „Gibt es etwas, was Sie gar nicht essen mögen?"

„Sauerkraut und Reibekuchen".

Er lachte. „Die werden Sie hier nicht finden. Dann darf ich für Sie die Auswahl treffen?" Ich nickte und er bestellte ein „Menue Mediterrane" für zwei und den von ihm angepriesenen Rotwein. Bevor wir anstießen, zog ich meine neue CD aus der Tasche und reichte sie ihm.

„Da Sie ja angeblich ein Fan meiner Musik sind..." sagte ich. Auf das Cover hatte ich eine Widmung geschrieben, und Lauer wurde rot vor

Freude. Er bedankte sich herzlich und sagte dann: „Eigentlich steht es mir nicht zu, aber dennoch frage ich jetzt: Wollen wir nicht „du" sagen?"

„Eva" sagte ich. „Ingo" sagte er. Dann stießen wir mit unseren Gläsern an.

Beim Dessert kam er auf die Neuigkeiten bezüglich Keno zu sprechen. Nachdem Ester ihn angerufen hatte, war er noch einmal zu dem Fotogeschäft gefahren, hatte aber wieder niemand angetroffen. Der Vermieter, den er anschließend aufsuchte, war der Meinung, dass der Fotograf in den nächsten Tagen zurückkommen müsse und versprach, ihn sofort nach dessen Eintreffen zu verständigen.

Er sagte: „Wenn ich dich zurückbringe, und Dirk und Ester sind noch wach, würde ich gerne mit ihnen sprechen und euch gemeinsam auf den neuesten Stand bringen." Ich nickte.

Dann sprachen wir über Musik und über unseren Urlaub, bis es Zeit war zu gehen.

Gerade als wir vor dem Haus meiner Freunde angekommen waren, lief jemand aus dem Garten, stieg eilig in ein ebenfalls davor geparktes Auto und fuhr los.

„Was war das denn?" frage Ingo, der sich die Autonummer notierte.

„Ich weiß nicht" antwortete ich wahrheitsgemäß. „Fragen wir doch einfach mal nach. Da alle Lichter unten noch eingeschaltet sind, sind meine Freunde auch noch wach."

Die Antwort war ganz einfach: Holger war wieder einmal zu späterer Stunde eingetroffen und gegangen, als Ester zu Keno, der zu weinen begonnen hatte, ins Zimmer eilte.

„Und wer ist dieser Holger?" fragte Ingo. „Holger Lukovsky, mein Halbbruder", sagte Dirk. Ingo Lauer sah Dirk geistesabwesend an. „Holger Lukovsky" murmelte er. Dirks fragender Blick richtete sich auf Ingo. „Irgendwas nicht in Ordnung?"

„Doch, doch, alles ok." beeilte sich Ingo zu versichern, „der Name kommt mir nur irgendwie bekannt vor."

„Wenn Sie sich in der klassischen Musikszene auskennen, haben Sie den Namen sicher schon gehört. Holger ist Musikdirektor in Mailand, möchte sich aber nach Malmö verändern. Die Vertragsverhandlungen finden hier statt, weswegen er zwischendurch immer mal wieder bei uns auftaucht, meistens erst abends."

„Richtig" sagte Ingo „jetzt wo Sie mich darauf stoßen, fällt es mir wieder ein. In Mailand habe ich den Namen schon gehört."

Als Ester wieder das Zimmer betrat, informierte uns Ingo über die Tatsache, dass der Fotograf bald zurück erwartet werde. Nach einem letzten Kaffee wandte er sich zum Gehen. Ich brachte ihn noch zum Auto, wo er sich mit einen Kuss auf die Wange verabschiedete, nicht ohne mir vorher das

Versprechen abgenommen zu haben, mich an seinem nächsten freien Tag wiedersehen zu dürfen.

10. Kapitel

Keno hatte sich schnell von seiner Erkältung erholt, und Ester hatte ihre Therapiestunden mit ihm fortgesetzt. Auch bemühte sie sich, seinen Wortschatz zu vergrößern, und allmählich begann Keno, in ganzen Sätzen zu sprechen.

Dann ging Ester einen Schritt weiter und brachte Keno ins große Badezimmer, in dem die Wanne stand. Sie sagte: „Schau mal, Keno, wenn wir Wasser in die Wanne laufen lassen, ist das wie im Pool, nur wärmer." Keno schüttelte wild den Kopf. „Möchtest du deine Schwimmflügel anziehen und mal in die Wanne steigen?" fragte sie weiter. Wieder wildes Kopfschütteln. „Warum nicht?" fragte Ester. „Hat der böse Mann etwas in der Wanne gemacht?" Schweigen.

Ester ging mit Keno in das Spielzimmer im Therapiebereich. Dort holte sie aus dem Puppenhaus eine Wanne und ein Püppchen. Sie füllte etwas Wasser in die Wanne und sagte: „Zeig mir, was der böse Mann gemacht hat." Dabei drückte sie ihm die Puppe in die Hand. Zögernd ging er einen Schritt auf die Wanne zu. Dann legte er die Puppe in die Wanne und drückte sie immer wieder unter Wasser.

Ich war den beiden gefolgt und sah vom Büro aus durch das kaschierte Fenster zu. In mir stieg Entsetzen und noch mehr Wut auf. Dieser verdammte Mistkerl, der daran Freude hatte, ein kleines Kind zu quälen. Hoffentlich gelang es Ingo, dieses Monster zu fassen.

Nebenan löschte Ester das Licht, und ich zog den Vorhang vor das Fenster. „Ich bin im Büro" rief ich, als die beiden auf den Gang traten. Ester sah mich an. Ich konnte ihrem Blick entnehmen, dass sie dasselbe dachte wie ich.

„Komm, Keno" sagte ich, „wir gehen noch ein wenig ins Musikzimmer."

Ich setzte mich ans Klavier und sang ihm das Lied:

ABC, die Katze lief im Schnee, und als sie wieder raus kam, hatte sie weiße Schuhe an, vor. Besonderen Spaß machte es ihm, wenn ich anstatt „weiße" Schuhe, blaue, rote oder gelbe sang. Immer noch einmal wollte er das Lied hören. Es dauerte nicht lange, dann sang er es schon allein zur Melodie, die ich am Klavier spielte. Nach einer knappen Stunde verließen wir den Raum, und ich schickte ihn in sein Zimmer zum Spielen.

Ester, die ab und zu einen Blick ins Musikzimmer geworfen hatte, sagte: „Ich denke, er hat die Badewannengeschichte wieder vergessen bzw. verdrängt. Lass uns einen Kaffee trinken."

Am darauffolgenden Samstag fuhr Dirk mit Ester und Keno in den Zoo, und ich traf Ingo in der Stadt. Da das Wetter wieder freundlich war, gingen wir am Fluss spazieren, bis Ingo fragte: „Sollen wir essen gehen oder hast du Lust, mit mir zusammen zu kochen?"

„Wenn du nicht erwartest, dass ich ein Menü der gehobenen Klasse zaubere, würde mir ein gemeinsames Kochen schon zusagen."

Er grinste. „Ich koche, du hilfst mir nur dabei, ok?"

Im Supermarkt fanden wir alles, was wir zu einem schmackhaften Abendessen benötigten. Dann fuhren wir in seine Wohnung, die für eine Junggesellenbleibe sehr ordentlich und außerdem geschmackvoll und modern eingerichtet war. Als er meinen anerkennenden Blick sah, sagte er: „Bei der Einrichtung hat mir meine Schwester geholfen, und ich habe eine Zugehfrau, die ein echter Goldschatz ist. Sie wohnt zwei Häuser weiter und kommt zweimal wöchentlich für ein paar Stunden."

Ingo bereitete das Fleisch vor und teilte mich zum Gemüse putzen ein. Er hatte eine Flasche Wein entkorkt, und wir prosteten uns zu. „Warst du schon einmal verheiratet?" fragte ich ihn.

Er schüttelte den Kopf. „Bisher hat es noch bei Keiner zum Heiraten gereicht" sagte er. „Aber um ehrlich zu sein, der Gedanke, dass es schön wäre, jemanden zu haben, der da ist, wenn man nach Hause kommt, mit dem man schöne Stunden verbringen und interessante Erlebnisse teilen kann, gewinnt immer mehr an Reiz." Ich schwieg dazu und fragte stattdessen. „Sind die Möhren so dünn genug geschnitten?" Ein Nicken war die Antwort.

Dann sagte er. „Ich habe auch eine Frage, die zwar gerade gar nicht in die Stimmung passt, aber dennoch möchte ich sie loswerden: Was weißt du von Holger Lukovsky?"

„Wie kommst du jetzt auf den?" fragte ich zurück. „Nun, ich weiß so gut wie nichts über ihn, habe ihn auch nie persönlich kennen gelernt. Er hat Musik studiert und in Rom und in Mailand gelebt."

„Mailand ist eine wunderschöne Stadt. Ich war im Zuge eines Polizistenaustausches für 6 Monate dort, ist aber schon etliche Jahre her." Er legte mir den Arm um die Schultern und küsste mich auf die Wange.

„Entschuldige, der Themenwechsel war jetzt nicht fair. Vergiss es. Lass uns von Erfreulicherem sprechen. Wie magst du das Filet? Gut durch oder innen rosa?"

„Mach es so, wie du es isst, dann ist es für mich auch richtig" sagte ich.

Nach dem Essen unterhielten wir uns noch eine Weile, während im Hintergrund klassische Musik lief. Irgendwann fragte Ingo: "Kannst du heute Nacht bei mir bleiben?" Ich verneinte, fügte aber hinzu, als ich sein enttäuschtes Gesicht sah: „Die Absage gilt nur für heute. Ich fahre morgen früh nach Hause, es sind da einige Dinge zu erledigen. Aber wenn ich wiederkomme, und du mich noch einmal einlädst, werde ich gerne bleiben."

Bevor das Taxi, das mich zurück zu Dirk und Ester bringen sollte, eintraf, küsste er mich. Und diesmal traf er den Mund.

Eine Woche später fuhr ich wieder zu meinen Freunden. Ester hatte mich vorgestern angerufen und mir mitgeteilt, dass der Fotograf wieder im Lande sei. Ingo Lauer hatte sein Kommen für den übernächsten Tag, also für heute, angekündigt und sie hoffte, dass ich dann auch wieder zugegen wäre.

Ich war noch keine zwei Stunden bei meinen Freunden, als Ingo eintraf. Und während uns Dirk mit Kaffee versorgte und Ester Häppchen auf den Tisch stellte, holte Ingo sein Tablet aus der Tasche und legte es auf den Tisch.

„Um es kurz zu machen: Till Bergheim, so heißt der Fotograf, ist über jeden Verdacht erhaben. Allerdings war in seiner Abwesenheit jemand in seinem Atelier. Es wurde nichts gestohlen, aber die hintere Tür, die nach Angaben von Herrn Bergheim nie benutzt wird, hat offensichtlich jemand mit Werkzeug geöffnet. Zu dieser Tür gelangt man, wenn man das Haus umrundet und durch einen Hinterhof bis zu einer Mauer am nördlichen Ende geht. An der Vordertür waren Spuren, die darauf schließen lassen, dass das Schloss ausgewechselt und später wieder das ursprüngliche Schloss eingesetzt wurde. Ich habe bereits eine Anfrage bei allen Schlüsseldiensten in der näheren Umgebung veranlasst. Ergebnisse liegen noch nicht vor. Erwähnenswert scheint mir, dass in diesen Räumen früher eine Art Jazzkeller untergebracht war. Der große Raum, der als Atelier dient, ist schallisoliert. Früher hat wohl der Betreiber dort auch gewohnt, denn es gibt noch zwei kleinere Zimmer, von Herrn Bergheim als Archiv und Lagerraum genutzt...und ein Badezimmer mit Wanne. Daneben gibt es noch zwei Toiletten, die vermutlich der Betreiber des Jazzkellers eingebaut hat, um die Auflagen zu erfüllen. Es erscheint also durchaus wahrscheinlich, dass Keno in eben diesen Räumen einem mehrfachen Missbrauch ausgesetzt war" schloss Ingo seine Ausführungen.

„Wie sieht es mit Spuren aus?" fragte Dirk.

Ingo lächelte. „Ein weiteres Phänomen. Die Klinken waren alle poliert, und die Räume sind in der Zwischenzeit gereinigt worden. Bergheim sagte, bevor er in die Antarktis geflogen sei, habe er keine Zeit mehr gehabt, den Boden zu saugen. Dieser war jetzt aber sauber, ebenso wie das Badezimmer. Ach ja, im Staubsauger fehlte der Staubbeutel. Da war jemand sehr penibel."

„Oder aus guten Gründen vorsichtig" fügte Dirk an. Ingo nickte.

„Tut mir leid, mehr kann und darf ich euch nicht sagen. Ihr sollte nur wissen, dass ich an der Sache dranbleibe. Habt bitte noch etwas Geduld."

Bevor Ingo ging, verabredeten wir uns noch für den kommenden Abend.

Wir kochten wieder zusammen, allerdings trank ich keinen Wein. Falls sich der Abend so gestaltete wie angedacht, wollte ich einen klaren Kopf behalten. Ingo hatte bereits ein Tiramisu gemacht, das ich im Kühlschrank stehen sah, als ich die Garnelen aus dem Gefrierfach nahm. Es sollte Pasta mit Meeresfrüchten geben. Wir arbeiteten Hand in Hand und ließen uns das Ergebnis unserer Bemühungen schmecken. Nach dem Dessert brühte Ingo einen Espresso in einer Bialetti-Espresso Kanne auf, und wir gingen mit unseren Tassen in den Wohnbereich, wo Ingo die Stereo-Anlage einschaltete.

„Ist Vivaldi in Ordnung?" fragte er, und ich nickte. Bevor er zurück zur Couch kam, klingelte sein Handy, das auf der Anrichte im Esszimmer lag.

„Sie müssen sofort kommen, Kommissar, wir haben eine Leiche" scherzte ich.

Er lachte. „Keine Chance, ich habe dienstfrei" antwortete er und kniff ein Auge zu.

Dann meldete er sich, und ich hörte ihn sagen: „Bona Sera, bella Angelina..." Er verschwand mit seinem Telefon im Flur, der zum Schlafzimmer führte. Ich wartete zehn Minuten, dann nahm ich meine Handtasche und verließ die Wohnung. Ich ging ein Stück die Straße hinunter und rief über mein Handy ein Taxi, das wenige Minuten später eintraf. Auf der Fahrt zu meinen Freunden fragte ich mich, ob ich überreagierte. Ich wusste es nicht. Es hatte mich einfach gestört, dass er längere Zeit mit einer Frau telefonierte, während ich im Wohnzimmer auf sein Erscheinen wartete. Er hätte mir ja kurz sagen können: „eine alte Freundin" oder „bitte hab Geduld, ich muss da etwas klären" oder irgendetwas, was meinen Verdacht, dass er noch mehrere Eisen im Feuer hatte, zerstreute. Genau das sagte ich auch Ester, als ich bei meinen Freunden eintraf. Dirk telefonierte auch.

Ester grinste. „Du hast dein Handy abgestellt, richtig?"

„Ja, woher weißt du?"

„Weil ein paar Minuten bevor du kamst, Ingo hier angerufen und nach dir gefragt hat. Dirk telefoniert noch immer mit ihm."

Dirk rief nach mir, und als ich ins Arbeitszimmer kam, reichte er mir wortlos den Hörer und verließ den Raum.

„Ja" meldete ich mich. Ingo sagte: „Es tut mir leid, dass unser Abend so gestört wurde, aber es war ein wichtiger Anruf. Eine ehemalige Kollegin aus Mailand."

„So?" sagte ich nur.

„Ich bin ein wenig enttäuscht, dass du so wenig Vertrauen zu mir hast" sagte er. „Gute Nacht."

Na prima, damit war das Thema wohl auch erledigt.

Ich ging zurück ins Wohnzimmer und goss mir ein Glas Wein ein.

Ester und Dirk sahen mich an. „Morgen sieht die Welt schon wieder anders aus, und du bist ja noch eine Weile bei uns, nicht wahr?" sagte Ester und prostete mir zu.

11. Kapitel

Dirk hatte Dienst in der Klinik, Ester machte Besorgungen in der Stadt, und Juana befand sich im Waschkeller, als das Telefon schellte. Insgeheim hoffte ich, dass es Ingo war, der da anrief. Ich meldete mich mit „hier bei Färber". Eine mir unbekannte Stimme antwortete: „Eva, sind Sie das?" „Ja".

„Hier ist Holger, der Halbbruder von Dirk".

„Ich weiß, wer Sie sind, auch wenn wir uns noch nicht begegnet sind."

„Fein, dann müssen wir uns unbedingt bald einmal kennen lernen."

„Hm".

„Ist Ester da?"

„Leider nein, sie ist in der Stadt. Kann ich etwas ausrichten?"

„Das wäre nett. Ich muss heute nach Schweden, würde den beiden aber gerne einen Besuch abstatten, wenn ich zurück bin. Was macht den der kleine Engel? Schon etwas Neues?"

„Nein, nichts, soviel ich weiß."

„Ok, dann grüßen Sie die Beiden schön von mir. Ich muss los, bis bald".

„Ja, Wiedersehen und gute Reise."

Als ich Ester von dem Anruf berichtete sagte sie: „Dann scheint es ja mit der Malmöer Staatsoper zu klappen. Mal sehen, was er berichtet, wenn er wieder da ist."

Ich sagte nichts dazu. Vermutlich würde ich ihn dann ja auch einmal treffen, und obwohl ich fand, dass er eine unangenehme Stimme hatte, war ich doch neugierig.

Kurz bevor ich in die Welt der Träume abtauchte, schellte mein Handy. Schlaftrunken sagte ich nur „hallo".

„Können wir reden?" fragte Ingo.

Ich zögerte kurz. Mein Stolz riet mir zu sagen: ich wüsste nicht worüber. Aber eine andere Stimme sagte mir: hör dir doch wenigstens an, was er zu sagen hat, und so antwortete ich:

„Gib mir 10 Sekunden bis ich richtig wach bin."

Nach einer kurzen Pause sagte Ingo: „ Der Anruf kam von einer ehemaligen Kollegin aus Mailand. Ich hatte sie gebeten, für mich etwas zu überprüfen. Und falls dich das „bella Angelina" gestört haben sollte, das ist ihr Spitzname, sie heißt nämlich „Angela Belli." Außerdem ist sie glücklich mit Renato Fabrizi, einem anderen Kollegen, verheiratet."

Plötzlich kam ich mir ausgesprochen blöd vor.

„War wohl nicht einer meiner stärksten Nummern" sagte ich kleinlaut. „Tut mir leid."

Großzügig erwiderte Ingo: „Komm, vergessen wir das Ganze. Fangen wir noch einmal da an, wo wir bei unserem ersten Kochevent aufgehört haben. Einverstanden?"

„Ja, gerne" antwortete ich, und ich meinte es genauso.

Ich wachte später auf als sonst, und auch das nur, weil Keno an meinem Bett stand. Er reichte mir einen seiner Frühstückskekse.

„Willst du Frühstück?" fragte er. Ich lachte, sprang aus dem Bett, nahm in auf den Arm und drehte mich mit ihm im Kreis.

„Na klar, und ganz viel Kaffee" sagte ich, denn ich hatte wenig geschlafen. Nach dem Anruf lag ich noch lange wach und überlegte, ob ich mich tatsächlich auf Ingo einlassen wollte und sollte. Mehr noch interessierte mich die Frage, was denn seine Kollegin in Mailand hatte überprüfen sollen. Es dämmerte schon fast, als ich endlich einschlief, und nun konnten mich nur eine Dusche und eine große Tasse Kaffee retten.

„Ist Ester schon auf?" fragte ich Keno, und dieser nickte.

„Dann geh hinunter und sag ihr bitte, ich bin in 10 Minuten da. Machst du das?"

„Ist gut". Seine Lieblingsantwort. Dann verschwand er, und ich sprang unter die Dusche.

Als ich die Küche mit noch nassen Haaren betrat, sah ich zweierlei. Auf dem Tisch, an meinem Platz, stand eine große Tasse, gefüllt mit Kaffee, und auf dem Rasen vor der Terrasse spielten zwei Kaninchen.

„Schaut mal" sagte ich „das spielen zwei kleine Häschen auf dem Rasen."

Ester grummelte. „Dann weiß ich jetzt endlich, wer immer meine Kräuter abfrisst."

Kenos Reaktion war befremdlich. Er ging zum Fenster und klopfte gegen die Scheibe. Die Kaninchen hoben die Köpfe und hoppelten zur Hecke, die das Grundstück umschloss, und verschwanden darin.

„Warum hast du sie verjagt?" fragte Ester.

„Böser Mann kann die gar nicht fangen und verbrennen, ne?"

Ester wechselte einen schnellen Blick mit mir. „Hat er das denn schon einmal gemacht?"

„Jahaa".

„War es ein echtes Kaninchen oder ein Spielzeug?" fragte Ester weiter.

„In einem Kasten" antwortete Keno. „Kaninchen will raus, aber der Kasten ist zu. Dann hat der Böse man Feuer an den Schwanz gemacht und das Kaninchen hat ganz doll geschreit."

„Geschrien" verbesserte Ester automatisch. Dann nahm sie Keno in den Arm. „Das tut der böse Mann nie wieder! Versprochen!" sagt sie.

„Nie wieder?" fragte Keno.

„Nein, nie wieder" antworteten wir beide gleichzeitig.

Später, als wir einen Augenblick allein im Raum waren, sagte Ester: „Seine Erinnerung kommt zurück, ich denke, es wird nicht mehr lange dauern, bis wir uns ein Gesamtbild machen können. Und dann kriegt die Polizei hoffentlich dieses Schwein zu fassen."

Am Nachmittag rief mich Johnny an, der einen Schlüssel zu meiner Wohnung hatte.

„Hör zu, Evy" - er war der Einzige, der mich so nennen durfte – „deine Fanpost füllt langsam Körbe, es liegen Konzertanfragen vor, und ob du es glaubst oder nicht, sie wollen dich sogar in einer Vorabendserie haben. Es wäre nett, wenn du wieder einmal vorbeischauen würdest."

„Spar dir deinen Sarkasmus, Großer" antwortete ich. „Wir machen hier so gute Fortschritte, dass ich bald ganz verzichtbar bin. Spätestens im neuen Jahr stehe ich wieder für alle Schandtaten zur Verfügung – na ja, für fast alle. In der nächsten Woche bin ich wieder für ein paar Tage zu Hause. Reicht dir das?"

„Gut, dann ruf mich aber sofort an, wenn du zu Hause bist, ok?"

„Versprochen."

Als ich Ester von dem Anruf berichtete sagte sie: „Frag doch mal Ingo", ob er am Freitag frei hat. Dann machen wir hier ein gemeinsames Abendessen. Holger kommt dann auch dazu."

„Woher weißt du? Ist er wieder aus Malmö zurück?"

„Noch nicht. Er hat mich heute Morgen, als du mit Keno gespielt hast, angerufen und gesagt, dass er am Freitag mit dem Vormittagsflug aus Malmö kommt. Außerdem hat er sich nach dir und nach Keno erkundigt. Da habe ich vorgeschlagen, dass wir uns alle am Freitagabend treffen. Er hat sich richtig gefreut, als ich ihm gesagt habe, welche Fortschritte Keno macht. Jetzt will er ihn unbedingt kennen lernen."

„Gute Idee. Dann rufe ich jetzt gleich mal Ingo an."

Ich erreichte nur die Mailbox und sprach ihm die Einladung von Ester darauf. Am Abend rief Ingo zurück, und ich erzählte ihm von dem Gespräch mit Ester und die Details der Einladung.

„Um dich allein und ungestört zu treffen, muss ich dich vermutlich bei dir zu Hause besuchen, oder hast du dort einen Mann und ein paar Kinder versteckt" neckte er mich.

„Du darfst mich gerne besuchen, ich würde mich freuen" sagte ich. „Aber erst einmal sehen wir uns am Freitag, wenn auch nicht allein", fügte ich hinzu.

„Wunderbar, bis übermorgen dann...ich freue mich."

Wir legten auf.

Das Vorbereiten des Abendessens übernahmen Ester, Juana und ich, und auch Keno durfte helfen. Die restlichen Arbeiten erledigte Juana, während wir anderen uns zum Dinner umzogen. Keno durfte heute ausnahmsweise mit bei dem für ihn späten Abendessen dabei sein. Er begründete das Juana gegenüber mit den Worten: „Bin schon groß!"

Pünktlich um 19.30 Uhr schellte Ingo. Er hatte für Ester eine Orchidee im Topf, für Dirk eine Flasche seines bevorzugten Weines und für mich Rosen mitgebracht. Keno erhielt ein kleines Polizeiauto, und für Juana zog er eine Rose aus dem für mich bestimmten Gebinde und überreichte sie ihr. Dirk verteilte Cocktails und wir unterhielten uns, während wir auf Holgers Eintreffen warteten.

Eine halbe Stunde später warteten wir immer noch. Dirk wählte Holgers Handy-Nummer an, doch eine unpersönliche Stimme teilte ihm mit, dass der Anschluss nicht zu erreichen sei. „Vielleicht hat er einen späteren Flug genommen" sagte Dirk. „Wir fangen jetzt jedenfalls an."

Als wir bereits das Hauptgericht verzehrt hatten, startete Dirk nochmals einen Versuch, Holger zu erreichen. Allerdings wieder ohne Erfolg. Während wir Erwachsenen noch ein wenig mit dem Dessert warten wollten, bekam Keno eine kleine Portion Eis, und dann brachte Ester ihn ins Bett.

Juana packte ihr Dessert in eine Deckelschale und sagte, sie werde es zu Hause essen. Dann verließ auch sie uns. Ester regte an, das Dessert und unser Gläser mit ins Wohnzimmer zu nehmen. Wir machten es uns auf den Couchen bequem.

„Merkwürdig, dass Holger sich nicht meldet" sagte Ester. „Er hatte sich so auf den Abend gefreut, besonders weil er Keno und Eva endlich kennen lernen wollte. Hoffentlich ist ihm nichts geschehen."

„Mach dir keine Gedanken, er ist schon immer ziemlich unzuverlässig gewesen", sagte Dirk. „Nicht aus Bösartigkeit, sondern weil ihm plötzlich irgendetwas in den Sinn kommt, was seiner Meinung nach keinen Aufschub duldet. Er wird sich bestimmt in den nächsten Tagen melden."

Ingo sagte nichts. Nach einer Weile fragte er: „Weiß er, dass Keno Fortschritte macht, was seine Vergangenheit betrifft?"

„Ja, natürlich. Wir haben darüber gesprochen, als ich ihn eingeladen habe. Ich glaube, das war der Grund, weshalb er ihn endlich kennen lernen wollte. Er hat bei einem seiner vorigen Besuche gesagt, er wolle das Kind nicht dadurch verunsichern, indem ständig neue Personen in sein Leben treten. Diese Vorsicht scheint jetzt nicht mehr gegeben."

„Wieso hast du ihm gesagt, dass Keno sich zu erinnern scheint?" fragte Dirk.

„Wieso nicht? Schließlich ist er dein Bruder."

Ingo wandte sich an mich. „Wie lange bleibst du fort? Kannst du das schon absehen?"

„Eine Woche, höchstens zwei. Anfang Dezember bin ich auf jeden Fall wieder hier."

„Lass uns Weihnachten zusammen feiern, ja?" warf Ester ein. Wir könnten einen Ausflug ins Gebirge machen...ach bitte, sag ja!"

„Ich denke darüber nach", sagte ich. „Wie sieht es bei dir Weihnachten aus, Ingo?"

„Ich habe Weihnachten Bereitschaftsdienst, damit die Familienväter ungestört feiern können, aber deswegen können wir trotzdem Zeit miteinander verbringen."

„Das können wir ja noch klären, wenn ich wieder zurück bin."

Am nächsten Morgen fuhr ich nach Hause.

12. Kapitel

Es gab eine Menge zu tun. Ich arbeitete mich so zügig wie möglich durch meine Fanpost. Am zweiten Nachmittag nach meiner Rückkehr kam Johnny zu mir und zeigte mir die Verträge, die es zu akzeptieren, zu modifizieren oder abzulehnen galt. Von einem der angedachten Konzerte riet er mir ab, zwei weitere, beide im Frühsommer, bestätigten wir, allerdings veränderte Johnny die Konditionen zu unseren Gunsten. Dann ging es um die Rolle in der Vorabendserie. Ich fragte ihn, was er davon halte. Er sagte, die Zuschauerquoten seien sehr hoch, und die angebotene Rolle sei für ihn in Ordnung. Außerdem könne man auf lange Sicht vielleicht eine zweite Karriere darauf aufbauen. Die Dreharbeiten für die Folgen, in denen ich vorgesehen war, seien für März geplant, so dass ich zeitlich keine Probleme bekäme. Auch hier modifizierte er die Bedingungen noch ein wenig. Dann unterschrieb ich und bat um die Zusendung des Drehbuches, sobald dies vorläge.

Im neuen Jahr, das hatte ich mit Dirk und Ester so vereinbart, würde Keno in den Kindergarten gehen. Dann war meine Mitarbeit nicht mehr erforderlich. Also konnte ich mich um die Auffrischung meiner Karriere kümmern. Nicht dass es nötig gewesen wäre. Durch die Erfolge der früheren Jahre hatte ich genug verdient – und diesen Verdienst gewinnbringend investiert –, um mich mit gelegentlichen Konzerten oder Songs über Wasser halten zu können. Ich brauchte nicht viel zum Leben.

Aber die neue Herausforderung, vor der Kamera zu stehen, reizte mich. Ich wusste zwar von den Kollegen, dass das Produzieren von Filmen nichts mit Theater spielen zu tun haben, da nicht in chronologischer Reihenfolge gedreht wird. Bei Serien war das anders. Die wurden erst kurz vor dem Sendetermin gedreht und meistens im Studio, so dass – schon wegen der Kulisse – sehr viel mehr in chronologischer Abfolge gedreht wurde. Ich war gespannt.

Und dann musste ich mir Gedanken um mein Privatleben machen. Sollte ich mich auf Ingo einlassen? Aufgrund seines Berufes konnten wir nicht zusammen leben. Das war schon einmal von Vorteil. Das heißt, ich konnte meine Freiheit – beruflich und privat – behalten. Was aber viel wichtiger erschien: War ich in ihn verliebt? Hm, ja, ein wenig schon. Ihn ganz aus meinem Leben zu schmeißen, erschien mir nicht verlockend. Also abwarten, was weiter geschah, und die Krallen einziehen.

Am Abend rief ich Ingo auf seinem Handy an.

„Sei mir nicht böse" sagte er, „aber ich würde gerne später zurück rufen. Ich bin noch im Büro."

„Klar, kein Problem." Ich legte auf. Es war schon nach 22.00 Uhr als er sein Versprechen einlöste.

„Tut mir wirklich leid, aber ich konnte nicht früher", sagte er.

„Du musst dich nicht entschuldigen. Job geht vor. Das ist völlig in Ordnung."

„Wann kommst du wieder hierher?" fragte er.

„Anfang Dezember schon. Dann bleibe ich über Weihnachten, und danach ist mein Auftrag erledigt", scherzte ich.

„Ich hoffe nicht, dass du das mit uns dann auch als erledigt betrachtest."

„Mmhh, mal überlegen.."

„Biest"

„Ich habe heute zugesagt, in einer Vorabendserie mitzuspielen", erzählte ich. „Noch habe ich das Script nicht und weiß auch nicht, wie groß die Rolle ist, aber zumindest werde ich einmal vor der Kamera stehen."

„Dann sollte ich wohl jetzt schon einmal anstehen für ein Autogramm" witzelte er, „oder werde ich bevorzugt behandelt?"

„Kommt darauf an, wie sich der nächste gemeinsame Abend entwickelt."

„Wenn er so wird, wie ich es mir wünsche, stehe ich als Erster in der Reihe."

„Wir werden sehen", sagte ich. Dann verabschiedeten wir uns und legten auf.

Die Tage bis zu meinem erneuten Besuch bei meinen Freunden nutzte ich, um ein paar neue Texte zu arrangieren.

Um diese Jahreszeit lebte ich in fast vollständiger Abgeschiedenheit. Mein Häuschen, das ich mir schon vor Jahren gekauft hatte, lag außerhalb der Ortschaft. Nur im Sommer verirrten sich hierhin ein paar Touristen, die die Natur genießen oder im Fluss baden wollten, was zwar verboten war, aber auch niemand kontrollierte. Jetzt, während der kalten aber noch schneefreien Jahreszeit, sah ich kaum jemanden, es sei denn, ich fuhr zum Einkaufen in die nächste Kleinstadt.

Mein Klavier, mein Laptop und mein Kamin waren alles, was ich brauchte, die Kaffeemaschine nicht zu vergessen. Fast jeden Abend rief Ingo an, und wir erzählten uns, wie wir unseren Tag verbracht hatten. Einmal fragte er mich:

„Kennst du dich in der klassischen Musikszene noch aus?"

„Kommt darauf an. Ein wenig auf jeden Fall noch."

„Sagt dir der Name Hesekiel Löwenstein etwas?"

„Jaaa". Ich zog den Vokal in die Länge. „Ich glaube, er komponiert im Bereich der experimentellen Musik. Irgendwo zwischen Stockhausen und Lachenmann"

„Richtig. Weißt du etwas über ihn?"

„Nein, leider nicht. Warum?"

„Ach, das war nur so eine Frage. Ich bin zufällig auf den Namen gestoßen."

„Soll ich versuchen, eine Aufnahme von ihm zu bekommen? Johnny kann mir da bestimmt helfen."

„Nein, das ist nicht nötig. Vergiss es. Es fiel mir nur gerade so ein. Übrigens haben mich Dirk und Ester zum Bratapfelessen am Nikolaustag eingeladen. Du bist doch dann auch da, oder?"

„Ja, und ich freue mich, dich dann wiederzusehen."

„Ich freue mich auch. Schlaf gut."

Nach dem Anruf befragte ich Wikipedia nach Löwenstein, wurde aber nicht fündig. Ich rief Johnny an und fragte ihn, ob er etwas über Löwenstein wisse.

„Nicht mein Genre, Evy", sagte er. „Ist es wichtig?"

„Nein, war es nicht. Übrigens habe ich drei neue Songs geschrieben, willst du sie haben?"

„Klar, welche Frage! Ich hole sie mir morgen ab. Passt dir das?"

„Ja, ich warte auf dich, dann brunchen wir zusammen."

Da ich wusste, dass er vor 11.00 Uhr nicht bei mir sein konnte, fuhr ich ins Städtchen und kaufte ein, was man zu einem zünftigen Brunch braucht. Als Johnny eintraf, schnupperte er genüsslich.

„Oh, wie duftet es, und damit meine ich nicht dein Parfüm. Was hast du denn gezaubert?"

„Sieh nach, es steht alles bereit."

Nachdem er sich tapfer durch Lachs, Soufflee, Blinis und Suppe gekämpft hatte, erzählte er, dass er kürzlich einen Gitarristen kennen gelernt habe, den er gerne in meine Begleitband integrieren würde.

„Mir wäre es lieber, du fändest einen Drummer. Otmar will schon seit längerem aussteigen. Seine Gesundheit ist ziemlich angeschlagen."

„Ja, ich weiß, bisher bin ich noch nicht fündig geworden, aber ich arbeite daran. Weißt du übrigens schon das Neueste? Der sagenumwobene Bruder von Dirk ist gar nicht in Mailand."

„Das ist nicht neu. Er wollte nach Malmö wechseln."

„Ich habe mich falsch ausgedrückt. Er war in den letzten Jahren gar nicht in Mailand."

„Woher weißt du?"

„Dirk hat mich letzte Woche angerufen und es mir erzählt. Ich glaube, er wollte ihn aus irgendeinem Grund erreichen und hat mit Mailand telefoniert. Dort hat man ihm gesagt, dass man mit Herrn Lukovsky seit Jahren keinen Kontakt mehr habe."

„Ach nee."

„Dirk nimmt an, dass Holger möglicherweise in einer anderen italienischen Stadt ein kleineres Orchester dirigiert, und es sein Stolz nicht zulässt, dies zuzugeben."

„Und was ist mit Malmö?"

„Keine Ahnung. Davon hat er nichts gesagt. Das wirst du sicher erfahren, wenn du wieder bei ihnen bist."

Dann widmeten wir uns meiner Arbeit. Kurz vor Einbruch der Dämmerung brach Johnny wieder auf. In zwei Tagen würde auch ich wieder unterwegs zu meinen Freunden sein.

13. Kapitel

Am Tag vor Nikolaus traf ich wieder bei meinen Freunden ein. Keno war ganz aus dem Häuschen und zog mich, kaum dass ich meinen Mantel abgelegt hatte, ins Musikzimmer. Dort spielte und sang er mir das Lied von der Katze, die im Schnee herumläuft, vor. Ester und ich klatschten Beifall. Ester sagte:

„Erzähl doch mal Eva, was wir noch ausgemacht haben."

„Eine kleine Katze, eine echte" sagte er. Ester schüttelte den Kopf. „So kann das Eva nicht verstehen, du musst schon im ganzen Satz sprechen."

„Ich darf eine echte kleine Katze haben, bald" sagte Keno.

„Das ist ja wunderbar" antwortete ich. „Von wem bekommst du sie denn?"

„Von Ester".

Ich sah Ester an. „Eigentlich meinte ich: Woher bekommt ihr sie?"

„Eine meiner Patientinnen hat mich gefragt, ob ich eine junge Katze aus dem Herbstwurf ihres Muttertiers haben möchte, und ich habe „ja" gesagt. Ich denke, Keno lernt dann gleich, dass man für ein Tier auch Verantwortung übernehmen muss, dafür sorgen muss, dass es regelmäßig Futter bekommt...du weißt schon, was ich meine."

„Deine Entscheidung finde ich gut", sagte ich. „Wann bekommt er sie denn?"

„Morgen früh hole ich sie ab. Futterschalen, Katzenkloo, Körbchen und Kratzbaum haben wir schon. Das ist sozusagen sein Nikolausgeschenk."

„Na, da bin ich mal gespannt. Übrigens hast du mich noch gar nicht zum Bratapfelessen eingeladen."

„Aber sicher habe ich das. Ich habe Ingo gesagt, er kann jemanden mitbringen."

Wir lachten beide. Ester sah mich an.

„Und, mit euch beiden wieder alles in Ordnung?"

„Unser Kontakt beschränkt sich derzeit aufs Telefonieren" sagte ich. „Mal sehen, wie sich die Dinge entwickeln."

Dirk kam wieder sehr spät aus der Klinik und machte einen abgespannten Eindruck. Als ich ihm das sagte, nickte er.

„Weiß ich. Momentan ist in der Klinik viel zu tun, aber noch mehr Sorgen mache ich mir um Holger. Er ist wie vom Erdboden verschluckt."

„Johnny hat mir erzählt, dass er gar nicht in Mailand war", sagte ich.

„Tja, das ist das eine. Aber er ruft auch nicht an. Und auf seinem Handy kann ich ihn nicht erreichen, da ist keine Mailbox geschaltet. Er ist ja schon häufig „verschwunden" und erst viel später wieder aufgetaucht. Das ist nichts Neues. Aber seit unserem letzten Essen, an dem er nicht teilgenommen hat, habe ich überhaupt nichts mehr von ihm gehört. Hoffentlich ist ihm nichts passiert."

„Wärest du dann nicht der Erste, der das erfahren hätte?"

„Kaum, wir haben ja noch nicht einmal den gleichen Familiennamen. Er trägt ja den Mädchennamen seiner Mutter."

„Jetzt denke mal nicht gleich an das Schlimmste. Du sagst ja selbst, dass sein plötzliches Abtauchen nicht ungewöhnlich ist."

„Ja, du hast Recht. Komm, lass uns das Thema wechseln. Magst du ein Glas Wein?"

„Steht bereits alles vor dem Kamin" rief Ester.

Bis Mitternacht sprachen wir über alles Mögliche, dann gingen wir zu Bett. Morgen Abend würde ich Ingo wiedersehen.

Da Ester am Nikolaustag keine Patienten hatte, fuhr sie noch vor dem Mittagessen zusammen mit Keno los, um die Katze zu holen. Es standen drei zur Auswahl, hatte ihre kleine Patientin ihr verraten.

Als ich das Auto hörte, ging ich zum Garageneingang. Ester trug den Transportkorb mit dem

Kätzchen und Keno hüpfte wie ein Gummiball um sie herum.

„Schau, meine Katze" jubelte er mir entgegen. Es war ein junger, fast ganz weißer Kater. Nur ein Pfötchen und die Schwanzspitze hatten schwarze Flecken. Er schaute keck aus dem Transportkorb.

„Die Familie hat fünf Kinder" sagte Ester. „Der Kleine ist völlig lärmunempfindlich, außerdem ist er bereits sauber."

„Und wie soll dein Kater heißen?" fragte ich Keno.

„Mila"

„Vielleicht solltest du dir einen anderen Namen ausdenken" riet ich ihm. „Mila heißt schon deine Spielzeugkatze und die von Juana. Außerdem ist Mila der Name für ein Mädchen, und das ist ein Katzenjunge, also ein Kater."

Keno zog die Stirn in nachdenkliche Falten.

„Er ist so weiß wie Schnee, wie wäre es mit Flocke?" fragte ich.

Kopfschütteln.

„Gubo" sage Keno.

„Was ist Gubo?" fragte Ester.

„Meine Katze Gubo" war Kenos Antwort.

Wir sahen uns an und zuckten mit den Schultern. „Warum nicht Gubo?" fragte ich, und Ester sagte: „Genau, warum nicht Gubo?!".

Dirk hatte versprochen, pünktlich nach Hause zu kommen, und traf zeitgleich mit Ingo ein. Die Bratäpfel, die ihren verführerischen Duft im ganzen Haus verbreiteten, hatten gerade die richtige Konsistenz und schmeckten mit der hausgemachten Vanillesoße köstlich. Keno rutschte auf seinem Stuhl hin und her, da Ester „Gubo" ins Gästebad gebracht hatte, damit er sich erst einmal eingewöhnen konnte. Sie hatte versprochen, dass Keno nach dem Essen seinen kleinen Kater den Männern zeigen dürfe.

Kaum hatten wir die Teller abgeräumt und den Punsch in die Gläser gefüllt, als er schon stolz mit dem kleinen Kater auf dem Arm ins Esszimmer kam.

„Mein Gubo", kündigte er das Ereignis an, und erlaubte sowohl Dirk als auch Ingo, dass sie den Kater streicheln durften. Dann nahm er ihn wieder auf und sagte: „Muss jetzt schlafen, ist noch klein", und verschwand mit ihm in der oberen Etage.

Wir nahmen unsere Gläser und setzten uns vor den Kamin.

Die Männer unterhielten sich leise über die Etats und deren Kürzungen im neuen Jahr, während Ester und ich über das bevorstehende Weihnachtsfest sprachen. Mit einem Ohr hörte ich, wie Ingo Dirk fragte, warum er nicht in einer Privatklink arbeite. Dirk erklärte ihm, dass er als junger Arzt zwei Jahre an einem privaten Institut gearbeitet habe. „Glaub mir" sagte er „dort wird noch viel mehr auf Kosteneinsparung geachtet, und außerdem ist der Konkurrenzkampf viel ausgeprägter. In einem Unternehmen der öffentlichen Hand musst du zwar auch deine Leistung erbringen, aber du musst niemanden in den Allerwertesten kriechen. Und die Vorgaben bezüglich der Mittel sind klarer. Und wie ist das bei euch? Du hast erwähnt, dass du zum Austausch ein halbes Jahr in Italien warst. Wie kam das?"

„Ich gehöre einer Abteilung an, die sich mit internationaler Kriminalität befasst, da ist ein Austausch im Rahmen der EU-Länder nicht unüblich."

„Wenn du für den internationalen Bereich zuständig bist, wieso konntest du dich um Kenos Fall kümmern?"

„Drogen und Kindsmissbrauch sind in der Regel international" antwortete Ingo. „Aber lass uns heute nicht vom Beruf reden" schloss der den Satz.

„Eine Frage noch" sagte Dirk, „hast du Weihnachten Dienst?"

„Ja, Bereitschaft, warum?"

„Ach, ich dachte, wir könnten wenigstens für ein oder zwei Tage ins Gebirge fahren, vorausgesetzt es schneit."

„Das geht leider nicht", sagte Ingo. „Ich habe erst Silvester und danach ein paar Tage frei."

„Oh, prima! Hört mal, meine Damen: Sollen wir über Silvester ins Gebirge?"

„Von mir aus gern" sagte ich, und Ester stimmte ein: „Dann lass uns doch Weihnachten den Pflichtteil machen, und wir fahren zum Jahreswechsel weg."

Mit Pflichtteil meinte sie, dass sowohl am 2. Weihnachtstag als auch an Neujahr eine Opernaufführung mit Sektempfang und den üblichen Reden stattfand, und zumindest an einem Abend erwartete man auch Anwesenheit der Eheleute Färber.

„Ich bleibe am 2. Feiertag mit Keno hier, wenn es euch Recht ist, dann könnt ihr euren gesellschaftlichen Pflichten nachkommen" sagte ich.

„Und Ingo kann dir Gesellschaft leisten" sagte Dirk, „zumindest bis sein Handy klingelt."

Darauf stießen wir an.

14. Kapitel

Ingos Frage nach Löwenstein ließ mir keine Ruhe. Am nächsten Tag rief ich Michael an, einen Pressefotografen, der für Interviews schon mehrfach Bilder von mir gemacht hat. Er meldete sich nach dem fünften Klingeln.

„Störe ich Sie? Oder haben Sie Zeit, mir eine Frage zu beantworten?"

„Notfalls auch zwei, wo brennt es denn?"

„Sagt Ihnen der Name Hesekiel Löwenstein etwas?"

„Nein, leider nicht. Hört sich jüdisch an. Warten Sie mal...ja hier, rufen Sie die Nummer an, die ich Ihnen gleich per Whatsapp sende. Daniel befasst sich mit dem Thema „Juden im dritten Reich" und hat sehr gute Kontakte zu den hier lebenden Juden. Wenn einer Ihnen weiterhelfen kann, dann er."

Ich bedankte mich und erhielt kurze Zeit später eine Handy-Nummer, die ich auch sofort anwählte. Leider erreichte ich nur die Mailbox. Später würde ich es noch einmal versuchen. Dann rief Keno nach mir und zeigte mir stolz, was sein kleiner Kater im Katzenkloo hinterlassen hatte. Wir entfernten den Kot und reinigten die Fressnäpfe. Dann brachte Keno mir die Bürste, um das Fell des Katers zu bürsten. Ich zeigte ihm, wie er die Bürste handhaben musste, ohne dem Kater weh zu tun. Als Gubo genug von uns hatte, krabbelte er auf

Kenos Bett und rollte sich zum Schlafen zusammen.

„Sollte Gubo nicht in seinem Körbchen schlafen?" fragte ich Keno.

„Gubo will nicht" war seine Antwort, und so ließen wir es dabei.

Dann musste Keno zu seiner Therapiestunde, und ich wählte noch einmal Daniels Nummer an.

Dieses Mal hatte ich Glück. Er meldete sich, und ich war erstaunt, wie jugendlich seine Stimme klang.

Als ich mein Anliegen vortrug, antwortete er: „Michael hat mich bereits informiert. Ja, ich kenne Löwenstein. Er ist einer der Überlebenden des Holocaust, mittlerweile hoch in den 90ern und in der Gegenwart sehr desorientiert. Nur die Vergangenheit ist in seinem Gedächtnis gelegentlich noch lebendig."

„Können Sie mir sagen, wo er lebt?"

„Warum wollen Sie das wissen?"

„Er gilt als Komponist experimenteller Musik, und ich würde mich darüber gerne mit ihm unterhalten."

„Dann sprechen wir von verschiedenen Personen. Der Löwenstein, von dem ich spreche, komponiert garantiert nicht. Erstens hat er eine so starke Arthrose in den Händen, dass er kaum noch etwas fassen kann, zweitens lebt er in einem Alten- und Pflegeheim in der französischen Schweiz, und drittens kann er sich – wie ich schon sagte – an guten Tagen an die Vergangenheit erinnern, ansonsten aber ist er weder zu klaren Gedanken noch zu irgendwelchen Handlungen fähig. Das Alter und das Erlebte haben ihren Tribut gefordert. War's das?"

„Eine Frage noch: Hat er vielleicht einen Sohn mit dem gleichen Namen?"

„Nein, er war nie verheiratet und hat keine Kinder. Aber – so erzählte mir eine Pflegerin – einen Neffen scheint er zu haben. Zumindest war dieser vor etlichen Jahren einmal im Heim und hat seinen Onkel besucht. Mehr kann ich Ihnen leider nicht sagen."

„Dankeschön, Sie haben mir sehr geholfen."

Juana betrat den Wohnraum und sagte: „Was ist mir dir, Eva? Du siehst so ratlos aus."

„Ja, das bin ich auch."

„Dann trink einen Kaffee, der hilft gegen alles."

Sie brachte mir eine Tasse, und ich rief Ingo an und erzählte, was ich erfahren hatte.

„Du hättest dir nicht so viel Mühe zu machen brauchen, Liebes", sagte er. „Es war nur so eine Frage. Aber könntest du mir Ester ans Telefon holen, bitte?"

Ich ging zu Ester ins Untergeschoß und gab ihr das Telefon. Erst lauschte sie, dann sagte sie: „Ja, ich denke, das ist in Ordnung. Wie viele sind es denn?" Und nach einer Pause. „14.00 Uhr ist perfekt. Bis später!"

Sie gab mir das Telefon zurück und sagte: „Ingo kommt heute Mittag. Er will Keno ein paar Bilder von einschlägig bekannten Tätern in Sachen Missbrauch zeigen."

Keno, von Ingo mit einem Schokoriegel motiviert, sah sich die Bilder an und schüttelte jeweils mit dem Kopf auf die Frage, ob er die einzelnen Männer kenne.

„Negativ" sagte Ingo zu Ester bevor er sich wieder verabschiedete.

An diesem Abend rief Ingo nicht an, und auch ich konnte ihn nicht erreichen. Vermutlich war er zu einem akuten Fall gerufen worden. Erst am nächsten Nachmittag meldete er sich und fragte, ob wir uns an seinem dienstfreien Freitagabend sehen könnten. Ich bedauerte aufrichtig und teilte ihm mit, dass ich „Kindersitting" zugesagt hatte, da meine Freunde zu einer Jubiläumsfeier eingeladen waren.

„Dann komme ich vorbei und helfe dir, Kenos Schlaf zu bewachen", sagte Ingo. Ich versprach, vom Abendessen etwas für ihn zur Seite zu stellen.

„Wie sieht es am Sonntag aus?" fragte er. „Frühstück bei mir?"

„Das lässt sich einrichten."

„Fein, ich freue mich. Bis Freitag. Heute und morgen bin ich unterwegs", fügte er noch an.

„Pass auf dich auf."

Wir beendeten das Gespräch. Ich freute mich auf übermorgen.

Ingo hatte nicht die Wahrheit gesagt, als er Eva gegenüber betonte, dass die Frage nach Löwenstein unwichtig gewesen sei. Er hatte recherchiert und schließlich den Verlag gefunden, der die Kompositionen von Löwenstein vertrieb. Der Sitz des Verlages befand sich in Rheinland-Pfalz. Es dauerte eine Weile, bis man ihn mit der Frau verbunden hatte, die für die Abwicklung zuständig war. Kurz entschlossen bat er um einen Termin für den nächsten Tag und traf er zur vereinbarten Zeit dort ein. Er wurde in ein Besprechungszimmer geführt, dessen Wände die Porträts er zeitgenössischen Komponisten zierten.

Frau Ammermann-Brinkholt war eine hagere Frau in mittleren Jahren, ein wenig altmodisch aber geschmackvoll gekleidet, und mit einer sehr melodischen Stimme. Sie fragte nach seinem Begehr.

Ingo wies sich aus und erklärte ihr, dass er in einem Fall ermittle, bei dem er Löwensteins Angaben benötigte, ihn aber nicht finden könne.

Frau Ammermann-Brinkholt lachte. „Das kann ich mir gut vorstellen. Herr Löwenstein macht es so, wie B.Traven: Er will anonym bleiben. Auch wir kennen seinen Aufenthaltsort nicht."

„Und wie wickeln Sie dann Geschäfte mit ihm ab?"

„Wir haben eine Bankverbindung von ihm. Auf dieses Konto überweisen wir die Honorare. Bisher hat es noch nie Schwierigkeiten gegeben, auch wenn der alte Herr vermutlich seine Geschäfte nicht mehr selbst erledigt.

„Wie soll ich das verstehen?"

„Als die Geschäftsbeziehungen zu Herrn Löwenstein begannen, kam sein Neffe zu uns. Er brachte eine handschriftliche Vollmacht mit einer Kopie des Ausweises von Herrn Löwenstein. Nebenbei bemerkt, ist Herr Löwenstein schon recht betagt. Ein Teil der Kompositionen ist wohl während der Zeit im Lager entstanden, der Rest in der Zeit danach. Erst in den letzten Jahren hat sich Löwenstein zur Veröffentlichung entschieden. Vielleicht braucht er jetzt das Geld für seine Pflege. Ich weiß es nicht. Wir haben aus dem Foto des Ausweises ein halbwegs brauchbares Bild extrahiert und benutzen dieses, wann immer wir es benötigen. Warten Sie, ich zeige es Ihnen."

Sie griff nach einem Ordner, in dem sie blätterte. „Hier" sagte sie, „das ist Löwenstein in jüngeren Jahren".

Das Bild zeigte einen Mann von etwa 60 Jahren mit eingefallenen Zügen. Seine Haare wirkten dunkel, ebenso wie seine Augen. Auf einer Wange befand sich eine Narbe, die über den Kieferknochen bis zum Hals lief.

„Auf unserer bearbeiteten Version des Bildes ist die Narbe wegretuschiert", sagte Frau Ammermann-Brinkholt und reichte Ingo ein anderes Bild. Es hatte wenig Ähnlichkeit mit dem Original, mit Ausnahme von Haar- und Augenfarbe.

Ingo gab die Bilder zurück und fragte, ob er einen Abzug bekommen könne. Frau Ammermann-Brinkholt reichte ihm jeweils eine Kopie des retuschieren Bildes und des Originals.

„Eine Frage habe ich noch, können Sie sich an den Neffen erinnern?"

„Sicher".

„Können Sie ihn beschreiben?"

„Ja, ich habe mich im Stillen gewundert, weil er so aussah wie ein typischer „Arier". Etwa so groß wie Sie, blond, schlank, helle Augen und eine unangenehme Stimme, irgendwie „schnarrend".

„Zum Schluss noch eine Frage zur Bankverbindung. Ich nehme an, es handelt sich um eine Internetbank."

„Sehr richtig" sagte Frau Ammermann-Brinkholt und blickte ein wenig erstaunt.

„Vielen herzlichen Dank, Sie haben mir sehr geholfen" sage Ingo und verabschiedete sich.

Ingo kam, kurz bevor Ester und Dirk das Haus verließen. Nach der üblichen Begrüßung fragte er Dirk, ob er inzwischen etwas von seinem Bruder gehört habe. Dirk verneinte.

„Hast du ein aktuelles Bild von ihm?"

„Nein, die einzigen Bilder, die ich habe, sind die aus unseren Jugendtagen. Wenn du sie sehen willst, Eva weiß, wo unsere Fotoalben zu finden sind. Wir müssen jetzt los. Euch beiden einen schönen Abend."

Ich gab Ingo die Alben und ging zu Keno, um ihm noch eine Geschichte zu erzählen und ein Schlaflied zu singen. Dann nahm ich Gubo vom Bett und setzte ihn in sein Körbchen. Noch bevor ich an der Tür war, hatte er schon wieder das Bett erklommen und sich in Kenos Arm eingekuschelt.

In der Küche nahm ich die Reste vom Abend-essen aus dem Wärmeofen und servierte sie Ingo, der interessiert die Alben durchblätterte. Auch von mir waren etliche Aufnahmen dabei. Wir lachen über die damals gängige Mode und blätterten ge-meinsam die Alben durch. Als Ingo das letzte Al-bum schloss, sagte er: „Dirks Bruder scheint nicht besonders fotofreudig zu sein. Auf den wenigen Bildern, die es von ihm gibt, hat er entweder die Hand mit der Zigarette oder die Haare vor dem

Gesicht. Oder er dreht sich weg. Wie er wohl heute aussehen mag?"

„Das kann ich dir auch nicht sagen. Ich weiß nur, dass er blonde Haare haben soll."

„Ja, das ist auf den Bildern zu erkennen. In gewisser Weise scheint er Dirk ähnlich zu sehen."

„Das kommt schon einmal vor, wenn man denselben Vater hat."

Inge nahm den Stapel auf und fragte: „Wohin soll ich die Alben legen?"

Ich nahm sie ihm aus der Hand und verstaute sie in dem dafür vorgesehenen Schrank.

„Warum wolltest du die Bilder sehen?"

„Dirk macht sich offenbar Sorgen über den Verbleib von Holger. Ich wollte wissen, wie er aussieht, falls wir die Meldung von einem Unfall oder ähnlichem bekommen."

„Oder Ähnlichem heißt wohl: Verbrechen oder Todesfall, richtig?" Ingo nickte. „Allerdings glaube ich nicht daran. So wie Dirk ihn beschrieben hat, taucht der schon wieder auf......und was machen wir beiden Hübschen noch?"

Obwohl das, was dann noch kam, sehr erfreulich war, wurde ich den Verdacht nicht los, dass Ingo versucht hatte, auf charmante Art das Thema zu wechseln. Ganz eindeutig wollte er nicht über Holger reden. Warum? Darauf hatte ich keine Antwort. Ich würde Ingo danach fragen, vielleicht nicht gerade am Sonntag, aber irgendwann später.

Gegen Mitternacht verabschiedete Ingo sich, und auch ich verließ das Wohnzimmer und ging schlafen, nachdem ich vorher noch in Kenos Zimmer nach dem Rechten gesehen hatte. Gubo lag zusammengerollt am Fußende von Kenos Bett, hob den Kopf als ich leise eintrat, ließ ein ganz leises „Miau" hören, legte den Kopf wieder auf die Tatzen und schlief weiter. Keno hatte sich nicht gerührt, er schlief tief und fest, umgeben von seinem Gubo, seiner „Mila" und dem Ziegenbock.

15. Kapitel

Ester, Keno und ich saßen am Frühstückstisch. Dirk schlief noch, wie Ester erzählte, er habe sich in der Nacht noch lange im Bett herumgewälzt und keinen Schlaf gefunden.

„Was wollen wir heute machen?" fragte sie in die Runde. „Sollen wir in die Stadt fahren?"

„Nicht Stadt fahren, will bei Gubo bleiben" sagte Keno.

„Du musst dem Kater auch mal ein wenig Freiraum gönnen" sagte Ester zu Keno. „Er wird sonst krank. Katzen brauchen ihre Freiheit."

Keno sah sie mit großen Augen an, sagte aber nichts mehr. Nach einer Weile, während wir unser Frühstück verzehrten, hörten wir Dirk die Treppe herunter kommen. Er sah besser aus als am Vortag.

„Guten Morgen zusammen" sagte er und nahm sich eine Tasse Kaffee.

„Geht es dir besser?" fragte ich ihn, und er nickte. „Absolut. Ich habe heute Nacht noch einmal über alles nachgedacht und bin zu der Überzeugung gelangt, dass ich mich selbst verrückt gemacht habe. Mein Bruder wird ganz sicher wieder auftauchen, wenn es ihm passt. Außerdem habe ich ein schlechtes Gewissen, weil ich in Mailand angerufen habe. Damit habe ich Grenzen überschritten. Er ist schließlich erwachsen und hat ein

Recht auf Eigenleben. Thema durch. Ende... was wollen wir heute unternehmen?"

„Keno möchte nicht in die Stadt, er will bei Gubo bleiben" sagte Ester.

Dirk griff nach einem Brötchen. „Dann habe ich eine bessere Idee. Unten im Vorratskeller müssten noch die Teile meiner alten Carrera-Bahn sein. Die baue ich mit Keno zusammen."

Er lachte ein kleines, verlegenes Lächeln. „Ich konnte mich einfach nicht von ihr trennen, obwohl ich sonst kein „Sammler" bin."

„Wo willst du sie denn aufbauen? In Kenos Zimmer ist nicht genug Platz" entgegnete Ester.

„Vielleicht im Aktenraum, neben deinen Therapie-Räumen?"

„Ja, das könnte gehen. Lass mir nur genug Platz, um noch an die Schränke zu kommen."

Ester drehte sich zu mir. „Hast du Lust, mit in die Stadt zu fahren? Ich brauche noch einiges für das anstehende Fest" sagte sie mit Blick auf Keno.

„Ja, gern, lass uns shoppen gehen."

Während wir uns ausgehfertig machten, verschwand Dirk mit Keno bereits im Untergeschoss.

Die Stadt war betriebsam, wie in der Vorweihnachtszeit nicht anders zu erwarten. Wir machten unsere Besorgungen und steuerten ein Café an, um Kuchen für den Nachmittag zu kaufen und zuvor einen Kaffee zu trinken, als Esters Telefon schellte. Sie hörte zu und sagte: „Schick mir die Hersteller-Nummern aufs Handy, ich hab hier nichts zum Schreiben."

„Das war Dirk" sagte sie zu mir. „Wir müssen noch in das große Spielwarengeschäft, er braucht noch einige Teile, um die Bahn fertigstellen zu können." Und mit einem Grinsen „So kann man die Jungs auch beschäftigen".

Zu Hause verstauten wir unsere Einkäufe entdeckungssicher und brachten die von Dirk angeforderten Teile ins Untergeschoss. Dirk und Keno lagen bäuchlings auf dem Boden und ahmten die Geräusche der Autos nach. Es war nur eine kleine Runde aufgebaut, die Verbindungsstücke für die komplette Bahn hatten wir ja gerade erst gekauft.

Ester reichte Dirk die verschiedenen Kartons mit den Worten: „Um 16.00 Uhr gibt es Kaffee, wer nicht pünktlich ist, bekommt keinen Kuchen."

Nach dem Kaffeetrinken spielte Keno wieder mit Gubo, der die Zwischenzeit zu einem ausgiebigen Schläfchen genutzt hatte, und wir gingen unseren eigenen Interessen nach.

Am Sonntagmorgen verließ ich leise das Haus und fuhr zu Ingo. Allerdings nicht auf direktem Wege. Der Tag versprach schön zu werden, die ersten Sonnenstrahlen krochen gerade über den Horizont, und ich wollte ein wenig die Ruhe und

Stille eines Sonntagmorgens im Randbereich einer Großstadt genießen. Mit Ingo war ich erst um 10.00 Uhr verabredet. So blieb mir genug Zeit für einen Spaziergang durch die Wiesen am Fluss. Allerdings wurde die Idylle zerstört, als ich in einiger Entfernung Polizeiwagen, Krankenwagen und jede Menge Uniformierter entdeckte. Also kehrte ich wieder um und lief langsam zu meinem Auto zurück. Ich fuhr wieder in Richtung Innenstadt, diesmal ohne Zuhilfenahme meines Navis, da ich mir sicher war, zwischenzeitlich genug Ortskenntnis zu besitzen, um mein Ziel zu erreichen.

Irgendwann stellte ich dann fest, dass dies ein Irrglaube war. Ich befand mich in einer Gegend, die ich definitiv nicht kannte, und hatte auch keine Ahnung, in welche Richtung ich fahren musste. Also lenkte ich das Auto auf einen Parkstreifen und fütterte mein Navi mit den entsprechenden Daten. Während ich auf das Berechnen der Route wartete, fuhr ein Wagen an mir vorbei, an dessen Steuer ich im ersten Moment Dirk zu erkennen glaubte. Ich warf einen Blick auf das Nummernschild und schüttelte den Kopf. Die Phantasie spielt uns manchmal schon tolle Streiche. Plötzlich aber durchfuhr mich ein Gedanke: Was, wenn das Holger gewesen ist?

Ich notierte mir die Autonummer und überlegte, welchen Autotyp ich gesehen hatte. Dann war ich mir ganz sicher: es war ein dunkelblauer Audi der vorletzten Baureihe gewesen. Mein Navi teilte mir mit, dass ich jetzt losfahren könne, und in weniger als einer halben Stunde stand ich vor Ingos Tür.

Wir verbrachten einen sehr angenehmen Vormittag zusammen. Später, als ich meinen Mantel anzog, erzählte ich ihm, was ich heue Morgen gesehen hatte.

„Deine Kollegen waren am Fluss im Einsatz" sagte ich.

„Ja, ich weiß, man hat die Leiche eines ertrunkenen Kindes gefunden. So schrecklich das auch ist, es fällt nicht in meinen Ermittlungsbereich, außerdem habe ich dienstfrei."

Dann sagte ich ihm, dass ich geglaubt hatte, Dirk zu sehen und mich gefragt habe, ob das Holger gewesen sein könnte.

„Hast du die Nummer erkannt?" fragte er mich. Ich reichte ihm den Zettel aus meiner Tasche.

„Du hast doch auch einmal seine Nummer notiert, als du mich nach unserem ersten Treffen zurück gebracht hast, erinnerst du dich?"

„Sicher. Da wir aber von Dirk und Ester erfahren haben, wer der Fahrer war, habe ich keinen Grund für weitere Recherchen gesehen."

„Ich meine ja nur, man könnte die Nummern vergleichen, ob es sich um dasselbe Fahrzeug handelt."

„Danke, Watson, ich werde das Entsprechende veranlassen", lachte er. „Jetzt interessiert mich eigentlich eine ganz andere Frage: „Wann sehe ich dich wieder? Privat...meine ich.."

„Bald schon" gab ich zurück. „Gib mir etwas Zeit, den heutigen Vormittag zu verarbeiten".

Ein letzter zärtlicher Kuss zum Abschied, dann saß ich wieder im Auto und fuhr – sicherheitshalber mit Navi – zurück zu meinen Freunden.

16. Kapitel

Am nächsten Tag erzählte Dirk beim Frühstück, dass er die Adoption von Keno beantragt habe. Er erinnerte Ester daran, dass sie ihren Abschlussbericht über das Kind dem Jugendamt noch vor Weihnachten zukommen lassen wollte. Ester nickte und sagte: „Und für das neue Jahr melden wir Keno im Kindergarten an."

„Wenn alles gut geht, ist im nächsten Dezember die einjährige Wartefrist um, dann können wir Weihnachten schon als richtige Familie feiern" sage Dirk.

„Und wenn wir Glück haben, mit Tante Eva und Onkel Ingo."

„Jetzt aber mal halblang" warf ich ein. „Macht euch da keine Hoffnungen."

„Wenn ich das Glitzern in deinen Auge richtig deute, sehe ich da durchaus Chancen" entgegnete Dirk.

Manchmal hasse ich Psychologen.

Keno sah von Ester zu Dirk und sagte: „Kindergarten"

Dirk nahm ihn auf den Schoss und erklärte ihm: „Das ist ein Haus, in dem viele Kinder miteinander spielen und essen. Es sind auch Frauen da, die mit den Kindern singen, ihnen Geschichten erzählen und mit ihnen basteln. Am Mittag wirst du von Ester oder Juana wieder abgeholt und kommst hierher zurück. Würde dir das Spaß machen?"

„Will Gubo mitnehmen".

„Nein, Keno, das geht leider nicht. Gubo bleibt hier und wartet auf dich. Es ist ja nur der Vormittag. Zum Mittagessen bist du wieder hier."

„Nicht im Kindergarten schlafen."

„Nein, schlafen brauchst du dort nicht."

Keno dache eine Weile nach. Dann gab er seinen Lieblingskommentar von sich: „Ist gut".

Ester begann ihren Bericht zu schreiben. Nach einer Weile kam sie mit Juana in Kenos Zimmer, wo ich mit ihm gespielt hatte.

„Magst du Juana beim Kochen helfen, Keno?" fragte sie ihn. Keno nickte und sagte zu Juana; „Gubo kommt auch." Juana nickte. Die beiden zogen in Begleitung des Katers ab.

Ester setzte sich auf Kenos Bett und sagte: „Irgendetwas fehlt noch, ich weiß nur nicht, wie ich zu der Information kommen soll. Die Angst vor blonden Männern und die Angst vor der Badewanne sind geklärt. Nur für die Angst vor weißen Betten habe ich keine Erklärung. In dem Fotostudio steht kein Bett, nur ein Arbeitstisch. Dennoch muss es irgendetwas gegeben haben, was ihn so geängstigt hat, dass er sich immer noch weigert, in ein weiß bezogenes Bett zu steigen. Ich habe es während deiner Abwesenheit einmal versucht, aber er weigerte sich vehement. Hast du eine Idee?"

„Nein, leider nicht" sagte ich, „aber ich denke..."
Ester sollte nie erfahren, was ich dachte, denn aus
der Küche kam ein Schrei, und dann hörten wir
Keno die Treppe herauf jagen. Er warf sich in Esters Arme und schluchzte: „Nicht Blut auf Keno
tun, nicht auf Keno tun."

Wir sahen uns verstört an, dann lief ich in die
Küche. Juana stand am Arbeitstisch und hatte ein
Haushaltstuch um einen Finger gewickelt. Sie sag-
te: „Ich habe mich in den Finger geschnitten, und
Keno hat geschrien wie am Spieß, als sei er es,
der sich verletzt hat."

Ich holte ihr ein Pflaster aus dem Medizinschrank und klebte es auf die Schnittwunde, die
aufgehört hatte zu bluten. „Mach ruhig weiter, Ester klärt das schon", sagte ich zu ihr. „Soll ich dir
helfen?" „Ach wo, ist doch nur ein kleiner Schnitt"
sagte Juana und schälte weiter den Sellerie.

Aus Kenos Zimmer hörte ich sein Schluchzen
und die beruhigende Stimme von Ester. Es war
wohl ratsam, das Gespräch nicht zu stören. Angestrengt lauschte ich, um etwas zu verstehen, hatte
aber kein Glück und ging wieder zu Juana in die
Küche.

Es dauerte eine Weile, bis Ester mit Keno auf
dem Arm zu uns kam. Sein Blick richtete sich auf
Juanas Hand. Als er sah, dass die Wunde mit einem Pflaster verschlossen war, rutschte er von
Esters Arm und ging zu Juana. „Tut weh?" fragte
er. Juana schüttelte den Kopf. „Nein, Keno, es tut
nicht weh. Möchtest du ein Erdbeerjoghurt?" Keno

nickte und strahlte. Er setzte sich an den Tisch und löffelte sein Joghurt, dabei erzählte er Gubo, der in der Hoffnung, dass auch für ihn etwas abfallen würde, auf den Stuhl neben Keno geklettert war: „Ist nicht schlimm, tut gar nicht mehr weh."

Ester zog mich hinaus auf den Flur. „Komm mal mit ins Untergeschoss" sagte sie. Wir gingen ins Therapiezimmer.

„Folgendes habe ich aus Keno herausbekommen. Der „böse Mann" hat ihn wohl auf den Arbeitstisch gelegt, auf ein weißes Laken, und ihn dann mit Blut übergossen. Das Blut kam aus einer Flasche, sagt Keno. Dann musste er ganz ruhig liegen und die Augen weit offen halten. Als er versucht hat, sie zu schließen, wurde er von dem Mistkerl geschlagen. Was hältst du von der Geschichte?"

„Ich weiß nicht, außer dass mein Hass auf dieses Monster beständig wächst. Vielleicht solltest du Ingo anrufen und Dirk natürlich auch." Ester nickte und griff zum Telefon, während ich wieder in die Küche ging und Keno mit ins Musikzimmer nahm.

Eine halbe Stunde später läutete Ingo an der Tür und ging nach einer kurzen Begrüßung sofort zu Ester, bei der er einige Zeit blieb. Als er wieder nach oben kam, um sich zu verabschieden, wirkte er ein wenig abwesend. Ein flüchtiger Kuss und die gemurmelten Worte: „bis übermorgen", dann war er wieder weg.

Nach einem leckeren Abendessen und nachdem Keno im Bett lag, erzählte Ester Dirk und mir, was Ingo angedeutet hatte. Vermutlich sollten die Bilder, die der „böse Mann" gemacht hatte, Kenos Tod vortäuschen. Auf die Frage, warum um alles in der Welt jemand solche Bilder macht, hatte Ingo ihr erklärt, dass in bestimmten Kreisen dafür hohe Beträge gezahlt würden.

Meine Fassungslosigkeit bewegte sich am oberen Limit. Und mein Zorn wuchs analog dazu.

In dieser Nacht weinte Keno wieder im Traum, hatte aber am nächsten Morgen offenbar alles vergessen. Er war wieder so, wie wir ihn in den letzten Wochen erlebt hatten. Am Mittag kam Ingo kurz vorbei und fragte Ester, ob er Keno noch ein Bild zeigen dürfe. Ester willigte ein, und Ingo legte ein Foto auf den Tisch, das einen hageren Mann mit dunklen Haaren und ebensolchen Augen zeigte. Keno schüttelte den Kopf auf die Frage, ob er den Mann kenne.

„Und wer ist das?" wollte ich wissen

„Ach, ich hatte da so einen Verdacht, aber wie ihr gesehen habt, war er unbegründet. Ich muss wieder los. Bis morgen" sagte er in meine Richtung, dann fiel die Tür hinter ihm ins Schloss.

Weihnachten rückte mit Riesenschritten näher, weshalb ich mich an der Weihnachtsbäckerei beteiligte, allerdings unter der Regie von Juana. Auch Keno half fleißig mit und erzählte Dirk am Abend voller Stolz, dass er Plätzchen mit bunten Streuseln dekoriert habe. Seine Version war: „viele bunte Perlen auf Kekse getan."

Ingo und ich hatten uns in der Zwischenzeit zweimal getroffen, und ich begann mich langsam mit dem Gedanken anzufreunden, diese Beziehung auch nach meiner endgültigen Rückkehr nach Hause aufrecht zu erhalten. Ingo war aufmerksam und liebevoll, allerdings entging mir nicht, dass er irgendetwas auf dem Herzen zu haben schien. Da ich davon ausging, dass er es mir sagen würde, wenn er dazu bereit war, fragte ich nicht weiter.

Und dann kam der Heilige Abend. Während Ester und Dirk die elektrische Eisenbahn, die Keno bekommen sollte, aufbauten, spielte ich mit ihm und Gubo in seinem Zimmer. Juana hatte das Essen für den Abend vorbereitet – es gab der Einfachheit halber Kaltgerichte -, die wir in der Küche zu uns nahmen. Dann kam der große Augenblick. Keno durfte das Wohnzimmer betreten, wo ein hübsch geschmückter Weihnachtsbaum ein warmes Licht verströmte. Sein Mund formte ein Stummes „0", und seine Augen leuchteten mit den Kerzen um die Wette. Als Dirk dann die Eisenbahn in Bewegung setzte, kannte seine Freude keine Grenzen mehr. Dirk und Keno spielten zusammen, während Ester und ich vor dem Kamin saßen und irische Weihnachtslieder, auf einer keltischen Harfe gespielt, hörten.

Der Abend war schon weit fortgeschritten, als Ester Keno auf den Arm nahm, um ihn ins Bett zu bringen. Zum ersten Mal, seit er bei ihnen war, protestierte er lautstark. „Will nicht Bett, bin nicht müde." Allerdings schlief er dann sehr schnell ein, und wir Erwachsenen saßen vor dem Kamin und packten die liebevoll gestalteten Päckchen, die wir uns gegenseitig geschenkt hatten, aus.

Als es kurze Zeit später schellte, war niemand erstaunt, Ingo vor der Tür stehen zu sehen.

„Ich kann nicht versprechen, dass ich nicht angerufen werde" sagte er, „aber ich wollte euch zumindest frohe Weihnachten wünschen." Er hatte für jeden von uns ein Päckchen dabei, und auch er wurde von uns bedacht.

Wir saßen noch eine Weile zusammen und aßen Plätzchen, bis es Zeit war, schlafen zu gehen. Ingo versprach, am 2. Weihnachtstag wieder zu kommen und mir beim „Kindersitting" zu helfen.

17. Kapitel

Wie schon so oft saßen Ingo und ich vor dem Kamin, Keno schlief tief und fest. Nach einer Weile, in der wir der Musik aus der Anlage gelauscht hatten, sagte Ingo: „Sind Dirk und Ester deine besten Freunde?"

„Ja, sicher, das weißt du doch" entgegnete ich. „Außerdem zähle ich Johnny noch zu meinen besten Freunden. Wieso fragst du?"

Ingo dachte angestrengt nach, was seiner Miene deutlich zu entnehmen war.

„Wie würden deine Freude reagieren, wenn ich ihnen etwas Unangenehmes über dich erzählen würde?"

„Wie meinst du das? Ich verstehe die Frage nicht."

„Nun, sagen wir mal, ich würde behaupten, du würdest dich prostituieren."

„Sag mal, spinnst du?" fragte ich und sah Ingo ungläubig an.

„Eva, das ist doch nur eine fiktive Situation, die ich da beschreibe. Ich möchte wissen, wie sie reagieren würden. Kannst du mir diese Frage beantworten?"

Ich entgegnete erregt: „Sie würden sagen, dass du lügst."

„Ja, schon klar. Aber wie würden sie sich dir gegenüber verhalten?"

„Sie würden es mir sofort erzählen und mich vor dir warnen."

Ingo nickte. „Das dachte ich mir" sagte er.

„Was soll diese blöde Fragerei?" Ich sah ihn ein wenig genervt an. Dann sagte ich: „Warum sagst du mir nicht einfach, was du wirklich wissen willst?"

„Tut mir leid, das kann ich zum jetzigen Zeitpunkt noch nicht."

Er betrachtete mein Gesicht, das sich merklich verschlossen hatte. „Aber eine andere Frage an dich habe ich schon noch: Könntest du dir vorstellen, mich zu heiraten?"

„Ist das auch wieder eine fiktive Frage?"

„Nein, es ist mir absolut ernst. Willst du meine Frau werden?"

„Ingo, was ist heute mir dir los? Wieso stellst du mir jetzt diese Frage?"

„Ganz einfach, weil du die erste Frau bist, mit der ich mir vorstellen könnte, alt werden zu wollen. Ach Eva, ich tauge nicht für romantisches Geplauder. Ich kann dir kein Lied singen, auch kein Gedicht schreiben, und ich will auch nicht mit einem Strauß Rosen vor dir auf die Knie fallen. Aber ich würde dich gerne heiraten, und ich glaube, nein, ich bin mir sicher, dich zu lieben."

Ich versuchte ein Lächeln, das etwas verrutschte.

„Ingo, wir kennen uns doch kaum. Wie soll das gehen? Du hier mit einem Beruf, der dich fordert, ich über 100 km entfernt mit meinem Beruf, den ich liebe..."

„Das sind Dinge, die wir klären und Probleme, die wir gemeinsam lösen können. Ich will jetzt und hier nur von dir wissen: Kannst du dir vorstellen, meine Frau zu werden?"

„Lass mir ein wenig Zeit, ja? Ich habe den Gedanken an eine Heirat schon vor längerer Zeit ad acta gelegt. Ich muss mich mit der Situation erst auseinandersetzen."

„In Ordnung. Ich habe dafür Verständnis. Aber nach unserem Kurzurlaub über Silvester möchte ich von dir eine Antwort haben."

Ich nickte zum Zeichen meines Einverständnisses.

Nach einer längeren Zeit des Schweigens sagte ich: „Du hast doch noch irgendetwas auf dem Herzen, das sehe ich dir an. Willst du mir nicht sagen, was das ist?"

„Nichts lieber als das. Ich habe eine Vermutung, bin mir jedoch noch nicht sicher. Deine Meinung wäre mir wirklich wichtig. Aber ich würde damit gegen alle Dienstvorschriften verstoßen. Gib auch du mir noch ein wenig Zeit, ok?"

Ich nicke zum wiederholten Mal. „Was für ein verrückter Abend" sagte ich mit einem Auflachen. Auch Ingo lachte jetzt. „Lass uns erst wieder im neuen Jahr darüber sprechen." Er küsste mich, bevor er aufstand und für uns Kaffee holte.

Ich wünschte mir fast, sein Telefon möge klingeln. Ich war verwirrt und hätte gerne in Ruhe und allein über das Gesagte nachgedacht. Als er mit dem Kaffee zurückkam, sah er mich prüfend an. „Soll ich gehen?" fragte er. Mein Kopfschütteln ersetzte die Antwort.

„Vielleicht hörst du mir zu, wenn ich jetzt sozusagen ins Unreine spreche. Auch ich mache mir so meine Gedanken..."

„Gern, schieß los."

„Du hast Holger im Verdacht, irgendwie in die Geschichte verwickelt zu sein" sagte ich direkt und deutlich. Am Zucken seiner Augenlider sah ich, dass ich richtig lag. „Außerdem scheint die Musik oder die Person von Hesekiel Löwenstein eine Rolle in deinen Verdächtigungen zu spielen" fuhr ich fort. „Einige Antworten auf deine Fragen erhoffst du dir von Ester und Dirk, bist dir jedoch nicht sicher, ob diese deinen Verdacht oder was auch immer an Holger weitergeben. Du befürchtest, dass sie dadurch auf die eine oder andere Art in das Geschehen eingreifen oder sogar die Klärung dieses Falles gefährden."

Ingo sah mich mit einer Mischung aus Erstaunen und Belustigung an. „Du hast den Nagel auf den Kopf getroffen" sagte er nach einer Weile. „Jetzt verstehst du auch die Fragen von vorhin, nicht wahr?"

Überzeugt sagte ich: „Wenn dein Verdacht begründet ist, das heißt, wenn du ihn mit Fakten unterlegen kannst, werden weder Dirk noch Ester Holger warnen, zumal sie ihn ja auch gar nicht erreichen können. Ich denke, du solltest bei passender Gelegenheit offen mit ihnen sprechen."

Ingo nickte. „Das war genau das, was ich eigentlich von dir wissen wollte". Er lächelte ein wenig verlegen. „Bin ich so leicht zu durchschauen?"

„Im Allgemeinen nicht, aber auch ich habe schon in diese Richtung gedacht" sagte ich. „Ich habe dir also nur meine Gedanken unterstellt."

„Und ins Schwarze getroffen. Aber jetzt lass uns das Thema beenden und lieber der Musik lauschen. Falls du allerdings unbedingt über etwas nachdenken möchtest, wäre es nett, wenn du meinen Antrag ernsthaft in Erwägung ziehen würdest."

Gerade als ich meinen Kopf an seine Schulter bettete, klingelte sein Handy. „Falscher Moment" dachte ich und beobachtete Ingo, wie er konzentriert zuhörte. Sein „ich komme" klang auch nicht gerade begeistert. Zwei Minuten später war ich allein und hörte das Motorengeräusch seines Wagens verklingen. Dann war es still.

18. Kapitel

Am Tag nach Weihnachten hatte es zu schneien begonnen, den gesamten Tag und die halbe Nacht, so dass am folgenden Morgen der Schnee etliche Zentimeter hoch lag und Keno nach dem Frühstück nach draußen drängte. Eingepackt in einen wasserdichten Schneeanzug, Moon Boots an den Füßen und mit dicken Handschuhen versehen begannen wir, einen Schneemann zu bauen. Aus dem Schuppen holten wir einen alten Topf, den wir zum Hut umfunktionierten. Eine Rübe diente als Nase. Für die Augen mussten wir Steine suchen, da in einem modernen Haushalt keine Kohlen vorhanden sind. Während wir noch die verschiedenen Steine, die auch noch eine unterschiedliche Größe hatten, ausprobierten, reichte uns Ester zwei dunkelblaue Glasmurmeln, die mit anderen in einem großen Pokal auf dem Fensterbrett gestanden hatten.

Keno betrachtete kritisch unser Werk. „Keine Arme" kommentierte er. Wir suchten am Kompost nach Schnittgut vom Herbst und fanden tatsächlich etwas Passendes. Am Ende der Äste befestigten wir Futterkugeln für die Vögel.

Das fertige Werk wollte Keno unbedingt Gubo zeigen, dieser aber sträubte sich, die warme Wohnung zu verlassen, und blieb hinter der Terrassentür sitzen,

Dann gingen wir wieder ins Haus und belohnten uns mit heißem Kakao. Ester zeigte auf den Schneemann: „Wenn es hier schon so geschneit hat, haben wir in den Bergen ganz sicher auch Schnee, dann könnt ihr weitere Schneemänner bauen" sagte sie zu uns.

„Wir werden uns die Zeit schon vertreiben" entgegnete ich. „Ich bin zu allem bereit, sofern ihr mich nicht zwingt, auf Skiern durch die Gegend zu fahren."

„Ach komm, ein bisschen Langlauf wirst du doch wohl mitmachen!"

„Selbst unter Androhung von Prügeln werde ich mich erst einmal weigern."

„Läuft Ingo Ski?"

„Ich weiß es nicht, nehme es aber an."

„Und du willst trotzdem nicht?"

„Nein. Ich hüte unseren kleinen Schatz."

„Na gut, wie du meinst."

Die Idee, in die Berge zu fahren, gefiel mir. Skilaufen allerdings gar nicht. Und da dieses Thema frühzeitig geklärt war, sah ich dem Urlaub mit Spannung und Freude entgegen.

Die Hütte lag am Waldrand und bot einen beeindruckenden Blick über das Tal und auf das Dorf, in dem wir uns mit Lebensmitteln eingedeckt hatten, bevor wir hinauf zur Hütte gefahren waren. „Hütte" war eine starke Untertreibung. Das Haus war geräumig und sehr komfortabel ausgestattet.

Wie Dirk mir erklärt hatte, gehörte es einem befreundeten Industriellen, der lediglich zur Jagd zweimal jährlich hierher kam. Ein Forstangestellter, von allen nur „der graue Sepp" genannt, kümmerte sich um die das Haus umgebende Wiese und achtete darauf, dass keine unliebsamen Gäste sich verbotenerweise einnisteten. Bis auf die Jagdsaison konnte Dirk über die Hütte verfügen, wie es im beliebte.

Wir richteten uns ein und trafen uns dann in der Küche zum einem Imbiss. Bevor wir heute Morgen gestartet waren, hatten wir gut gefrühstückt, so dass wir mit einer Kleinigkeit zufrieden waren. Für heute Abend war gemeinsames Kochen geplant, und für morgen, Silvester, sollte noch gebacken werden.

Keno wies auf die Fläche vor dem Haus: „Schneemann" sagte er. Ester insistierte: „Wenn du nicht im ganzen Satz sprichst, weiß niemand, was du möchtest."

„Mit Eva Schneemann bauen".

„Na siehst du, das war gut. Sobald Eva ihren Kaffee ausgetrunken hat, kommt sie zu dir. Solange aber musst du dich allein beschäftigen."

Während Ester mit Keno sprach, hatte sie ihn bereits in seine Schneekleidung gepackt. Sie wickelte noch zusätzlich einen Schal um seinen Hals und schob ihn zur Türe hinaus. Es wehte ein ziemlicher Wind, so dass die Schalenden flatterten und

Keno sich mit ausgebreiteten Armen im Kreise drehte. Er sah richtig glücklich aus.

Ich ging zurück zu meiner Kaffeetasse und sah auf den Arbeitsplan, den Ingo für den morgigen Tag aufgestellt hatte. Dirk und ich waren für das Hauptgericht eingeteilt. Ingo für die Beilagen, Ester für die Suppe. Als Dessert sollte es Irish Coffé geben, der nicht vorbereitet werden musste, und für Keno Eis.

„Was haltet ihr davon, wenn ich am Vormittag für morgen zum Kaffee Nusshörnchen backe?" fragte Ester. „Das Abendessen ist schon üppig genug, da können wir auf Sahnetorte verzichten."

„Und ich mache Panettone, nach original italienischem Rezept" sagte Ingo. Ester nickte zustimmend. „Dirk holt im Dorf das Wild ab, und Eva spielt mit Keno. So sind alle Aufgaben verteilt. Gibt es Einwände?"

Dirk, der die Freifläche vor dem Haus im Blick hatte fragte: „Wo ist Keno?"

„Er wird Steine für die Augen des Schneemanns suchen" sagte Ester. „Das habe ich ihm zumindest aufgetragen".

„Für heute Abend", fuhr Ester fort, „habe ich Gulasch, Spätzle und Wintersalat vorgesehen. Alle einverstanden?" Allgemeines Kopfnicken.

„Wer kocht?"

„Immer der, der fragt!"

Es entspann sich eine scherzhafte Diskussion, bei der wir viel lachten. Dann standen wir auf.

Ich zog meinen Schneeanorak und die Stiefel an und verließ das Haus. Ich ging einmal um das gesamte Haus herum, konnte aber Keno nicht sehen. Also rief ich seinen Namen. Der Wind riss mir fast die Worte aus dem Mund. Ich lief zum Vordereingang, wo mir Dirk und Ingo bereits entgegen kamen. „Nicht da?" fragte Dirk knapp. Ich schüttelte mit dem Kopf.

Die Freifläche vor dem Haus erstreckte sich in sanftem Gefälle bis zu den Feldern, die – um diese Jahreszeit abgeerntet – den Blick bis zum Dorf freigaben. Nirgendwo war Keno zu entdecken, dessen dunkelblauer Schneeanzug sich deutlich von der Umgebung hätte abheben müssen. Wir liefen zur Rückseite des Hauses, wo der Wald begann. Wieder riefen wir seinen Namen. Ingo blieb stehen. „Hier ist ein Schuhabdruck von ihm, und hier noch einer" sagte er. Wir folgten den Spuren, soweit sie auf dem gefrorenen Wurzelwerk erkennbar waren, und riefen immer wieder seinen Namen. Dann sahen wir von der Seite her eine weitere Spur. Es waren Stiefelabdrücke von ziemlicher Größe. Ein Blick in Dirks Augen zeigte mir, dass er dasselbe dachte wie ich. „Oh, nein, bitte nicht" betete ich leise. Wir folgten den Spuren, die sich aber dort, wo der Boden vereist war, nicht mehr erkennen ließen. Plötzlich ertönte nicht weit entfernt ein Gewehrschuss. Wir rannten dorthin, wo der Schuss gefallen sein musste. Neben einem umgestürzten großen Baum lehnte ein Mann, den Lauf des Gewehrs auf den Boden gerichtet. Unter seinem Hut quollen weiße Haare hervor. Er lächelte uns entgegen.

„Der, den ihr sucht, hat sich unter dem Stamm in einer Vertiefung versteckt." Er zeigte auf das belaubte Ende des Stammes. „Dort hinten".

Ester, die uns gefolgt war, kniete sich auf den Boden und sprach ein paar Worte in Richtung der Zweige. Da wanden sich unter dem Stamm erst ein Arm, dann ein zweiter, danach der Kopf und schließlich der ganze Keno hervor. Ester hob ihn hoch, winkte uns zu und lief mit Keno zurück zur Hütte. Obwohl dies alles sehr schnell gegangen war, hatte ich dennoch Tränen auf ihrem Gesicht glitzern sehen.

Der „graue Sepp", um niemand anders handelte es sich bei dem Mann, erzählte, dass er Keno in den Wald habe laufen sehen, als er mit dem Wild für Silvester auf dem Weg zur Hütte war. Die Eichhörnchen, die behände von Ast zu Ast hüpften, hatten Keno angelockt. Und ohne auf den Weg zu achten, den Blick zu den Bäumen erhoben, war er ihnen gefolgt. Als er dann den „grauen Sepp" wahrnahm, lief er davon und versteckte sich unter dem umgestürzten Baum. Sepp feuerte eine Kugel ab, um uns den Weg zu weisen. Er befürchtete, wenn er uns entgegen liefe, könne Keno die Gelegenheit nutzen, um wieder wegzulaufen. Das Risiko hatte er nicht eingehen wollen.

Wir waren beim Haus angekommen, und Dirk schüttete „dem grauen Sepp" einen tüchtigen Schnaps ein. Dann bezahlte er das mitgebrachte Wild. Nach einem zweiten Schnaps verabschiedete sich Sepp. Er müsse noch mehr ausliefern, sagte er, und es werde ja früh dunkel.

Als Sepp gegangen war sagte Dirk: „Höre, Keno, du darfst nicht allein in den Wald laufen, auch wenn dort Eichhörnchen, Hasen oder Rehe sind. Versprichst du mir das?"

Keno nickte ernsthaft und sagte dann: „Ist gut."

19. Kapitel

Während des Kochens fragte Ester Ingo, ob er schon etwas Konkretes zum Thema Keno sagen könne, und Ingo versprach am Abend, wenn Keno zu Bett gegangen war, einen Überblick über seine bisherigen Erkenntnisse zu geben.

Als wir nach einem phantastischen Essen vor dem Kamin, mit dem die Hütte ausgestattet war, saßen, begann Ingo mit seinem Bericht, nachdem er uns mitgeteilt hatte, dass er damit gegen etliche Dienstvorschriften verstoße. Er tue dies nur, da er wisse, dass wir Stillschweigen bewahren würden. Falls irgendetwas davon publik gemacht würde, hätte er mit großen Schwierigkeiten zu rechnen

Ingo begann in seinen Notizen zu lesen: „Im Juni d. J. wurde eine Frau, die sich Selma Freitag nannte, in lebensbedrohlichem Zustand nach einer Überdosis BTM und mit einer offenen, nicht lebensgefährlichen Kopfwunde aufgefunden und ins Krankenhaus gebracht, wo sie nach vier Tagen im Koma verstarb. Bei der Durchsuchung der Wohnung fanden sich keinerlei persönliche Dokumente: Kein Sozialversicherungsausweis, keine Krankenkarte, keine Zeugnisse, keine Fotos, Briefe, Karten, einfach nichts.

In unserer eigenen Kartei sowie in den Karteien anderer Polizeidienststellen war der Name nicht bekannt. Auch in der Vermisstenkartei taucht keine Frau, auf die diese Beschreibung passt, auf. Der Zahnstatus ließ erkennen, dass bisher keinerlei zahnärztliche Intervention erfolgt war, ebenso wenig konnten behandlungsbedürftige Altverletzungen, wie Knochenbrüche oder ähnliches nachgewiesen werden. In der Wohnung wurde ein vierjähriger Junge, der auf den Namen Keno hört, gefunden. Das Alter des Kindes wurde durch eine Nachbarin bestätigt, die sich erinnerte, dass Frau Freitag diese Angaben ihr gegenüber gemacht habe. Recherchen, ob die Geburt eines kleinen Mischlingsjungen im ersten Halbjahr des Jahres 2013 registriert worden sei, verliefen negativ.

In der Drogenszene sei die Frau des Öfteren aufgetaucht. Allerdings waren weder ihr Name noch ihr Wohnort bekannt. Sie kaufte den Stoff von unterschiedlichen Dealern. Zeugen sagten zudem aus, dass Frau Freitag keinen hiesigen Dialekt gesprochen habe, somit vermutlich aus einem anderen Bundesland stammte.

Der einzig beweisbare Fakt aufgrund der DNA-Untersuchung sei die Tatsache, dass sie die leibliche Mutter des Jungen war."

Ingo schwieg einen Augenblick und schüttete sich Kaffee in seine Tasse:

„Folgende Möglichkeiten stehen zur Auswahl: Frau Freitag hat in einem EU-Ausland gelebt. Sie ist entweder Vollwaise oder – was wahrscheinlicher ist – der Name Selma Freitag war ein Alias-Name. Wir gehen davon aus, dass ihre Anverwandten entweder tot sind oder aus anderen Gründen ihr Verschwinden nicht gemeldet haben. Da sie keine Krankenkarte zu haben schien, glauben wir, dass sie Keno in einer Privatwohnung zur

Welt gebracht hat, vermutlich mit Hilfe einer nicht registrierten Hebamme oder einer anderen Person. Zumindest im letzten Jahr, in dem sie in der uns bekannten Wohnung lebte, muss sie irgendeiner illegalen Tätigkeit nachgegangen sein, da sie angeblich die Miete immer bezahlt hat. Die Unterernährung des Kindes und der Mutter sind auf Verwahrlosung und falsche Ernährung, nicht auf Lebensmittelmangel zurückzuführen.

Nicht bewiesen ist folgender Verdacht: Frau Freitag hat Keno in regelmäßigen Abständen zu dem leerstehenden Fotoatelier gebracht, wo er vermutlich von einem blonden Mann missbraucht wurde. Es ist davon auszugehen, dass sie für diese „Gefälligkeit" Geld erhalten hat. Ob sie noch andere Einnahmequellen hatte, ist uns nicht bekannt. Soweit unsere Ermittlungen."

Ester sagte: „Dann erzähle ich jetzt einmal, was ich im Laufe der Therapiestunden herausgefunden habe. Keno wurde vermutlich nicht sexuell missbraucht, zumindest spricht nichts dafür. Er wurde jedoch auf die unterschiedlichsten perversen Arten gequält, körperlich und mehr noch psychisch. Dabei wurde er gefilmt. Ort dieser Handlungen scheint hauptsächlich das Fotoatelier gewesen zu sein. Einzelheiten erspare ich uns jetzt. Ingo, du kannst sie meinem Bericht an das Jugendamt entnehmen, ich habe dir eine Kopie gemacht.

Während der Zeit in der Wohnung der Mutter war er größtenteils sich selbst überlassen. Allerdings sprach er einmal von einer „Tante Hilling", die ihm Kuchen gegeben hätte. Möglicherweise ist dies eine Verwandte, und die Begebenheit stammt aus der Zeit, bevor er mit seiner Mutter hierher zog."

Ingo unterbrach. „Nein, das ist die Nachbarin. Eine Frau Hilbering, die gelegentlich – eher selten - mit der Mutter sprach. Zu seinem Geburtstag hat sie ihm einen Kuchen gebacken."

„Gut, dann ist das auch kein Hinweis auf seinen früheren Aufenthaltsort" sagte Ester. „Erstaunlich ist jedoch, dass er, wenn er mit den Puppen spielt, Herrn Aziz eine Rolle zuweist, jedoch seine Mutter nie in seinen Spielen vorkommt."

Nach einer längeren Pause, in der jeder seinen Gedanken nachhing, sage Ingo: „Ich bleibe weiter am Ball und werde euch informieren, sobald sich neue Gesichtspunkte ergeben."

Dirk sagte: „Dann lasst uns das Thema beenden."

Ingo sah Dirk an: „Ich habe da noch etwas auf dem Herzen. Würdest du mir bitte ein paar Fragen beantworten, auch wenn dir die Zusammenhänge unklar sind. Und bitte frage mich nichts. Auch da kann ich nur versprechen, sobald ich Klarheit habe, werde ich dich informieren.

„Geht es um Holger?" „Ja, auch, aber nicht nur." „Dann fang mal an."

„Sagt dir die Autowerkstatt Semmelmeier etwas?" „Nein, nie gehört."

„Warst du oder war Holger jemals in Israel?"
„Ich definitiv nicht, bei Holger weiß ich es nicht."

„Ist dir bekannt, ob Holgers Mutter bis zu ihrem Ableben ledig war, oder hat sie wieder geheiratet?"

„Soviel ich weiß, war sie ledig, zumindest hat Holger niemals einen Stiefvater oder etwas Ähnliches erwähnt. Sicher bin ich mir aber nicht."

Ingo nickte. Dirk fuhr fort: „Du hast zwar gesagt, ich solle nichts fragen, aber kannst du dir vorstellen, dass meine Sorgen bezüglich Holger durch dieses Gespräch nicht gerade geringer geworden sind?"

Wieder nickte Ingo. Nach einer kleinen Weile, die uns allen wie eine Ewigkeit vorkam, sagte er: „Ich erzähle dir jetzt ein paar Fakten und bin sicher, danach bist du beruhigt. Ich kenne deinen Bruder zwar nicht persönlich, war aber zu der Zeit, als er in Mailand Musikdirektor war, für sechs Monate als Austausch-Polizist dort."

Ingo verschwieg, dass er damals wegen des Suizids von Holgers Frau ermittelt hatte.

„Nach dem Tod seiner Frau hat er Mailand verlassen. Einige Monate danach wurde die Musikszene auf einen Komponisten aufmerksam, der sich Hesekiel Löwenstein nannte. Mehrere seiner Kompositionen erschienen und fanden große Beachtung, besonders jene, die experimenteller Natur waren."

An dieser Stelle verschwieg Ingo, dass er mit dem Musikverlag Kontakt aufgenommen hatte.

Er fuhr fort: „Hesekiel Löwenstein lebte in einem Altenheim in der französischen Schweiz und war aufgrund seines Geistes- und Gesundheitszustandes nicht in der Lage, die Verhandlungen wegen seiner Kompositionen selbst zu führen. Dies übernahm sein Neffe. Hesekiel Löwenstein starb hochbetagt zwei Tage vor Weihnachten. Aus seinen Papieren gehen als nächster Verwandter ein jüngerer Bruder und sein angeheirateter Neffe hervor.

Dieser sehr viel jüngere Bruder, Hosea Löwenstein, wurde als Säugling Anfang 1939 von einem mit den Eltern befreundeten Ehepaar außer Landes, nach Schweden, gebracht. Lange nach dem Krieg kam er als erwachsener Mann zurück und forschte nach seiner Familie. Mit Hilfe der in diesem Bereich tätigen Organisationen war es ihm möglich seinen Bruder Hesekiel zu finden, der sich nach der Befreiung aus dem Lager in der Schweiz niedergelassen hatte. In diesen Jahren hatte Hesekiel viel komponiert, außerdem gab er Musikunterricht. Später erhielt er sogar einen Lehrstuhl an der Universität Bern. Das aber nur am Rande. Hosea wollte indessen Deutschland kennen lernen. Er hatte in Skandinavien die Schule und ein Jurastudium beendet und war von der Landschaft in Deutschland begeistert. Er blieb in Baden-Württemberg, wo er die Teilhaberschaft an einer Anwaltspraxis erwarb. Jahre später lernte er während eines Wanderurlaubs eine Frau kennen, die ein uneheliches Kindes hatte. Er verliebte sich und heiratete sie, obwohl sie erheblich jünger war als er. Unnötig zu erwähnen, dass es sich bei der Frau um Frau Lukovsky, Holgers Mutter, handelte. Als die Mutter des Kindes viel zu früh verstarb, zog der Junge es vor, sich zu seinem leiblichen Vater zu begeben, während Hosea nach Israel auswanderte.

In den darauf folgenden Jahren hat Holger ein paarmal seinen Stiefvater besucht und durch ihn erfahren, das Hesekiel, der zwischenzeitlich in einer geriatrischen Einrichtung lebte, seine Kompositionen zu veräußern wünschte. Holger übernahm diesen Part, da er die Gepflogenheiten der Branche kannte, und gab die Honorare ganz oder zumindest teilweise an Hesekiel weiter.

Ich habe euch das alles erzählt, damit ihr wisst, dass Holger nichts Ungesetzliches getan hat, als er Geschäfte unter dem Namen „Löwenstein" tätigte. Da er euch gegenüber nie erwähnt hat, dass er zu seinem Stiefvater Kontakt hatte und eventuell noch hat, könnt ihr davon ausgehen, dass er irgendwo in der Weltgeschichte herumreist und sich bei Gelegenheit wieder bei euch melden wird."

Dirk schien perplex. „Das sind ja Neuigkeiten, die muss ich erst einmal verdauen" sagte er. Und auch Esters Gesicht trug noch immer einen erstaunten Ausdruck. Ich bewunderte Ingo im Stillen. Das war ungemein geschickt, mit harmlosen Fakten aufzuwarten, und damit von einem Verdacht, den er garantiert hatte, abzulenken.

Ich sah ihm ins Gesicht, das wieder mit einem freundlichen Lächeln geschmückt war. Sobald wir alleine waren, würde ich ihn fragen, was es mit der Autowerkstatt Semmelmeier auf sich hatte.

20. Kapitel

Wir begannen zeitig mit den Vorbereitungen für das Abendessen. Dirk hatte das Wild in Rotwein mariniert und stellte alles bereit, was wir für die Zubereitung benötigten. Da Ingo noch mit seinem Panettone beschäftigt war, übernahm ich die Klöße. Handgerieben, nicht aus der Fertigpackung. Ester jongliert derweil mit den Zutaten für eine Minestrone. Wir lachten viel und spielten abwechselnd, so wie es die Essenszubereitungen zuließen, mit Keno, der immer wieder fragte; „Wo ist der Silvester?"

Dirk nahm in auf den Arm und erklärte ihm, dass der Tag so heiße. Nach dem üblichen „ist gut" fragte er: „Und morgen, heißt der?"

„Der Tag morgen heißt Neujahr" erklärte Dirk. „Morgen beginnt ein neues Jahr. Wenn du erst einmal in der Schule bist und schreiben und rechnen lernst, wirst du sehen, dass sich alle 365 Tage die Jahreszahl verändert."

Keno dachte angestrengt nach. Dann sagte er: „Silvester, Neujahr, Dienstag."

„Ja, mein Schatz. Jeder Tag in der Woche hat auch einen Namen: Montag, Dienstag, Mittwoch, Donnerstag, Freitag, Samstag, Sonntag."

„Oh" machte Keno.

„Heute ist Silvester, aber gleichzeitig ist Sonntag. Morgen ist Neujahr, aber auch Montag."

„Lass es gut sein, Liebling", sagte Ester „du verwirrst ihn doch nur."

„Ist gut" sagte Dirk und wir alle lachten.

Am Nachmittag machten wir einen ausgiebigen Spaziergang, tranken Kaffee nach unserer Rückkehr und freuten uns auf den Abend. Unser Festessen wartete auf das finish. Pünktlich um sieben Uhr trafen wir uns alle – festlich gekleidet – im Speisezimmer, das sich direkt an die Küche anschloss, und tafelten genüsslich, während Vivaldi und Ravel die Hintergrundmusik lieferten. Als das Dessert aufgegessen war, brachte Ester Keno ins Bett. Sie versprach ihm, ihn um Mitternacht zu wecken, wenn das Feuerwerk im Dorf begann. Da die Nacht klar war, hofften wir, im Warmen sitzend den Anblick genießen zu können.

Allerdings stellte sich das Vorhaben, Keno zu wecken, schwieriger dar als gedacht. Er schlief tief und fest, und Ester plädierte dafür, ihn schlafen zu lassen.

„Und was ist, wenn er aufwacht, und das Feuerwerk vorbei ist? Dann glaubt er uns künftig gar nichts mehr" warf Dirk ein. Während wir noch berieten, erwachte Keno und sah sich schlaftrunken um. Ester zog ihm seinen Bademantel an, dicke Socken an die Füße, und trug ihn ins Wohnzimmer, wo wir wie bei einer Theaterpremiere die Plätze einnahmen, mit Blick zum Dorf. Ingo löschte die Lichter bis auf die Kerzen. Ich füllte den bereitstehenden Sekt in die Gläser, und dann zählten wir von 20 rückwärts. Bei Null stießen wir an, wünschten uns ein glückliches Neues Jahr, umarmten und küssten uns. Leise sagte Dirk zu Ester: „Heute in einem Jahr als richtige Familie", und Ester nickte glücklich. Ingo flüsterte in mein Ohr: „Feiern wir den nächsten Silvester als Mann und Frau?" Ebenso leise gab ich zurück. „Schon möglich."

Keno stand am Fenster, die Nase an die Scheibe gedrückt, und sagte: „Ah" und „Oh" und rief „Ester komm". Er wies mit der Hand in den Himmel, wo gerade wieder eine Rakete ihre bunten Sterne ausschüttete.

„Na, ist das schön?" fragte Ester, und Keno nickte mit glücklichem Gesicht, wie nur Kinder Freude ausdrücken können.

Nach einem letzten heißen Kakao brachte ich Keno ins Bett. Wir knuddelten noch ein wenig, dann löschte ich das Licht und sagte ihm: „Schlaf schön, wir sehen uns beim Frühstück."

Sein „ist gut" klang schon sehr schläfrig.

Zwei Tage später fuhren wir wieder nach Hause. Da mein Auto bei Dirk und Ester stand, ebenso wie der Wagen von Ingo, gingen wir noch auf einen Sprung mit ins Haus, wo Juana den Kaffeetisch gedeckt hatte. Wir wünschten ihr ein frohes neues Jahr, aßen ein wenig Kuchen, tranken unseren Kaffee, und dann begann der große Abschied.

Dirk und Ester wollten mich gar nicht wieder loslassen.

„Komm bloß bald wieder, auch wenn Keno in den Kindergarten geht. Wir möchten dass du so oft wie möglich bei uns bist" sagte Dirk, und Ester nickte dazu.

Ich nahm Keno auf den Arm und küsste ihn auf seine kleine braune Wange, die sich langsam zu runden begann. „Auf Wiedersehen, kleiner Mann", sagte ich „pass gut auf Gubo und auf dich auf". Eigentlich hatte ich mit einem „ist gut" gerechnet, aber er gab mir einen Kuss, mitten auf den Mund.

Draußen am Auto verabschiedete ich mich von Ingo. „Ich besuche dich, sehr bald schon" sagte er. Und ich antwortete: „Ich freue mich darauf". Eine letzte Umarmung, ein flüchtiger Kuss, wir stiegen in unsere Autos und fuhren in entgegengesetzter Richtung los.

21. Kapitel

Das neue Jahr begann für Keno mit einem Highlight. Er durfte ab jetzt in den Kindergarten. Ester hatte ihm die dicke Schneejacke und die gefütterten Stiefel angezogen. In seinem Kindergartenbeutel befanden sich Hausschuhe und sein Frühstück.

Der erste Tag im Kindergarten war für Keno eine große Sache. Aufgeregt hüpfte er von einem Bein aufs andere. Ester hatte ihm erzählt, dass er künftig mit anderen Kindern den Vormittag verbringen werde und ihm die Einzelheiten eines Kindergartentages in den buntesten Farben geschildert. Er konnte es gar nicht erwarten, endlich loszulaufen. Der Weg war nicht weit, und Ester bestand aufgrund des schönen Wetters darauf, ihn zu Fuß zurück zu legen. Außerdem wäre es gut für Kenos Orientierungssinn, fand sie.

Juana winkte ihm nach, als er an Esters Seite davon sprang. Er würde heute nur zwei Stunden bleiben, danach würde ihn Ester oder Juana abholen, so war es mit der Kindergartenleitung vereinbart. Ester hatte sowohl von Dirk als auch von Juana Fotos hinterlegt, damit es nicht zu Irritationen kam, wenn sie ihn nicht abholen konnte, weil sie Patienten hatte.

Als er außer Sichtweite war, ging Juana in sein Zimmer und baute den vor kurzem erstandenen Schreibtisch auf. Daran konnte er auch in den Grundschuljahren seine Hausaufgaben erledigen. Sie stellten das Zimmer ein wenig um, rückte sein

Bett in die Nische und den Tisch und die beiden Stühle an die Wand, dem Fenster gegenüber. Vor dem Fenster stand nun der Schreibtisch. Der Raum wirkte so gemütlicher.

Juana ordnete die Stofftiere neu. Es waren noch ein paar hinzugekommen. Mila thronte auf dem Bett, und Gubo kuschelte sich an sie. Auf dem Stuhl neben dem Tisch hatte Carlo, ein Hundewelpe, seinen Platz gefunden. Auf dem kleinen Schrank saß der Ziegenbock aus Fuerteventura, und auf der Fensterbank lagen faul zwei Schildkröten, Cora und Ani.

Juana hatte Keno die Geschichte von einem Hund aus Kindertagen erzählt, der Carlo hieß. Keno hatte den Namen sofort übernommen. Cora und Ani waren durch Fußball-Sammelkarten entstanden. Keno hatte Dirk nach den Namen der Spieler gefragt, die auf den Kärtchen abgebildet waren. Als der Name Kurányi fiel, klatschte Keno vor Begeisterung in die Hände. Daher wollte er unbedingt die Schildkröten, die ihm Ester kurze Zeit später schenkte, Kur und Ani nennen. Ester modifizierten die Namen ein wenig, so dass am Ende Cora und Ani übrig blieben.

Die ersten Tage im neuen Jahr verbrachte ich zu Hause, und obgleich alles wie immer war, fühlte es sich ungewohnt an. Mein Haus kam mir plötzlich zu still und einsam vor, trotz der voll aufgedrehten Musikanlage. Es fehlten mir die Gespräche mit Dirk und Ester, das Spielen mit Keno und nicht zuletzt Ingo.

Wir waren so verblieben, dass ich seinen Antrag mehr oder weniger angenommen hatte, allerdings ohne konkreten Termin. Ich bestand darauf, dass wir uns erst noch länger und besser kennenlernen müssten. Tatsächlich war es eigentlich die Angst des Torwarts vorm Elfmeter, die mich zögern ließ. Eine Ehe war schließlich kein Urlaub, den man abbrechen konnte, wenn die Gegebenheiten nicht stimmten. Und den Gedanken an eine dauerhafte Partnerschaft hatte ich schon so lange beiseitegelegt, dass meine Phantasie nicht ausreichte, mir vorzustellen, verheiratet zu sein.

Ich erledigte die anstehenden Arbeiten und überlegte, ob ich versuchen sollte, einen neuen Song zu schreiben, verwarf diesen Gedanken aber sogleich wieder.

Abends rief Ingo an und fragte, ob er am Mittwoch zu mir kommen könne. Irgendetwas in seiner Stimme irritierte mich. Sie klang angespannt.

„Ist bei dir alles in Ordnung?" fragte ich. „Ja und nein" sagte er. „Aber nicht am Telefon... und nein, es hat nichts mit uns beiden zu tun. Ich freue ich, dich wiederzusehen."

„Gut, dann bis übermorgen."

Den Dienstag arbeitete ich durch, und am Abend hatte ich nur noch ein kleines Häufchen an Autogrammkarten, die ich verschicken musste. Seit es bei den Fans üblich war, sich mit ihren Idolen auf Selfies zu verewigen, waren die Wünsche nach Autogrammen selten geworden.

Am Mittwoch kaufte ich ein paar Leckereien ein, gönnte mir ein entspannendes Wannenbad und unterschrieb meine letzten Autogrammkarten, während ich auf Ingo wartete. Ich rechnete gegen Mittag mit seinem Erscheinen und hatte mich nicht getäuscht. Kurz nach 13.00 Uhr klingelte es an der Tür. Ich betätigte den Öffner. Ingo umarmte mich zur Begrüßung und hob mich übermütig hoch, dann küsste er mich. Ich löste mich von ihm, zeigte ihm die Garderobe, wo er seinen Mantel ablegte, und danach den Rest der Wohnung. Sie schien ihm zu gefallen.

„Wollen wir einen Kaffee trinken?" fragte ich ihn, und er nickte zustimmend. „Verzeih, wenn ich mit der Tür ins Haus falle" sagte Ingo „aber bevor wir uns Privatem widmen, muss ich ein paar Dinge loswerden. Geht das in Ordnung?"

„Sicher, hier, nimm deinen Kaffee, wir setzen uns drüben auf den Diwan."

Ingo nahm einen Schluck aus seiner Tasse. Dann sagte er: „Ich muss nicht erwähnen, dass diese Gespräch nicht für andere Ohren als für die deinen bestimmt ist. Bitte auch zu Dirk und Ester kein Wort. Es geht wieder um Holger.

Der Anruf damals, der dich so verunsichert hat, du weißt schon, bella Angelina, hatte ebenfalls mit Holger zu tun. Dazu muss ich ein wenig weiter ausholen. Zu der Zeit, als ich in Mailand war, verübte eine junge Frau Suizid. Diese Frau war mit einem Mann namens Holger Lukovsky verheiratet gewesen. Daher kam mir der Name so bekannt vor, als Dirk ihn zum ersten Mal nannte. Die Eltern der Frau insistierten damals, dass ihre Tochter, eine strenggläubige Katholikin, nie und nimmer den Freitod gesucht hätte. Vielleicht sollte ich erwähnen, dass sich in der Hand der Toten ein kleiner Papierfetzen fand, auf dem „was...gesehen ha..." stand. Unser damaliger Chef bat uns, noch einmal den Ehemann nach den genauen Umständen, die zum Tod der Frau geführt hatten, zu befragen, aber dieser war unauffindbar.

„Dirk hat davon gesprochen, dass Holger sich eine Auszeit genommen hatte, um über den Verlust hinzuwegzukommen" warf ich ein.

„Das mag er gesagt haben, aber Tatsache ist, dass Holger direkt nach dem Tod seiner Frau seinen Vertrag als Musikdirektor fristlos aufgekündigt hat und spurlos verschwand. Er ist bis heute nicht wieder in der Mailänder Musikszene aufgetaucht."

„Wie bitte? Wie kannst du so sicher sein? Im Rahmen der EU gibt es doch keine Grenzkontrollen mehr."

„Das stimmt, allerdings ist die Musikszene in Mailand ein Dorf. Holger war während seiner Zeit dort bestens bekannt. Außerdem weiß jeder in der Branche, welche Position mit wem besetzt ist. Und in der gesamten Szene gibt es keinen Holger Lukovsky. Letztlich habe ich die Staatsoper in Malmö angerufen, mit der Bitte um Auskunft, ob sie Kontakt zu einem gewissen Holger L. haben. Die Antwort war ein klares Nein. Also war die Geschichte, die Holger Dirk und Ester aufgetischt hat, von vorne bis hinten erlogen.

Wie ich ja bereits in unserm Urlaub erzählt habe, hatte Holger hin und wieder Kontakt zu seinem Stiefvater in Israel. Ich habe mir erlaubt, mich dort nach Holger zu erkundigen. Negativ. Seit mehr als einem Jahr war er nicht mehr dort.

Wir habe daraufhin eine stille Fahndung herausgegeben, das heißt, nur unsere Dienststellen - und nicht die Öffentlichkeit – halten Ausschau nach Holger, dessen Aussage als „Zeugen" wir dringend benötigen. Bislang ebenfalls negativ."

„Moment mal, du hast doch gar kein Bild von ihm"

„Mailand war so freundlich, uns ein recht gutes Bild zukommen zu lassen, unsere IT-Leute haben es lediglich altersgerecht verändert. Ich denke, es sieht dem Original ziemlich ähnlich. Aber weiter. Die von dir notierte Auto-Nummer habe ich ebenfalls überprüfen lassen..."

„Autowerkstatt Semmelmeier" sagte ich.

Ingo lächelte anerkennend. „Es ist dir also nicht entgangen. Gut. Es handelt sich um eine kleine Werkstatt, mit einem geringen Gebrauchtwagenbestand, die eigentlich keine Leihwagen vermietet, allerdings gibt es Ausnahmen, wie bei Herrn Dr. Färber."

„Wie bitte?"

„Ja, da staunst du, was? Im Spätsommer kam ein Mann zu Semmelmeier, der ihm sein Anliegen vortrug. Er benötige hin und wieder ein Auto, um zu einem Stelldichein zu fahren, könne aber aus verständlichen Gründen nicht sein eigenes Auto benutzen. Er wies sich mit einer Visitenkarte als Dr. Dirk Färber aus. Als Semmelmeier nach dem Führerschein fragte, sagte ihm der Kunde, wenn er derartige Umstände mache, würde er zu einer anderen Werkstatt gehen und spielte den Pikierten. Er bekam einen Wagen und zahlte großzügig im Voraus. Semmelmeier sah daher keine Notwendigkeit, die Angaben nachzuprüfen."

„Solltest du darüber nicht mit Dirk und Ester reden? Wenn Holger Dreck am Stecken hat, dann ohne Wissen der beiden."

„Sicher, aber hör weiter. Wenn Holger sich hin und wieder einen Wagen geliehen hat, muss er sich also in der Umgebung befinden. Aber nirgendwo ist ein Holger Lukovsky aktenkundig oder auch nur bekannt. Er scheint unsichtbar zu sein. Semmelmeier wird uns informieren, falls er dort wieder auftaucht, aber ich glaube nicht daran, dass er das tut. Er scheint einen guten Instinkt für Gefahr zu haben."

„Oder gute Informanten."

„Mal den Teufel nicht an die Wand. Ich kann mich des Gedankens nicht erwehren, dass Holger auch mit dem Fall Keno verknüpft ist. Ester ist davon ausgegangen, dass die anfängliche Angst vor Dirk darin begründet war, dass der „böse Mann" auch blond ist. Was aber, wenn er insgesamt Ähnlichkeit mit Dirk hat?"

„Du meinst, Holger ist...das Monster?"

„Ich schließe die Möglichkeit zumindest nicht aus. Wir haben übrigens das Darknet durchforscht. Unter all den dort vorhandenen Widerlichkeiten fand sich kein einziges Bild von Keno."

„Was bedeutet das?"

„Entweder hat der „böse Mann" die Bilder zum Eigenbedarf gemacht oder für einen sehr kleinen exklusiven Kreis, der keine Spuren in Netz hinterlassen will. Wenn letzteres zutrifft, wird ebendieser Kreis auch in der Lage sein, seinem „Lieferanten" eine neue und völlig andere Identität zu beschaffen. Dann können wir nur auf einen Zufall hoffen, da wir ja nicht wissen, nach wem wir suchen müssen... Außerdem ist es nicht schwer, sich hier zu verstecken. Denk an die Hütte, in der wir Urlaub gemacht haben. Stell dir vor, du müsstest untertauchen, wie würdest du vorgehen?"

„Hütte finden, Besitzer ermitteln, Verwalter falls vorhanden ausfindig machen. Erkundigen, in welchen Abständen die Hütte genutzt wird, einziehen. Beim Verwalter „im Auftrag des Besitzers" anrufen und mitteilen, dass die Hütte für einen Zeitraum X untervermietet ist. In einem Ort weit genug entfernt alles Nötige einkaufen und abtauchen."

„Wenn der Verwalter sich aber rückversichern will?"

„Dann würde ich erwähnen, dass wegen eines Trauerfalls in der Familie zum jetzigen Zeitpunkt eine Rückfrage nicht angezeigt ist oder eine andere Hütte suchen."

„Donnerwetter, deine kriminellen Energien schockieren mich" scherzte Ingo. „Aber was das Vorgehen betrifft, so ähnlich stelle ich es mir auch vor, und sicherlich gibt es auch noch genug Hütten, um die sich keiner kümmert."

„Ich denke, du solltest Dirk und Ester informieren und nach Holger öffentlich fahnden lassen."

„Wir haben nicht genügend Beweise, die eine Fahndung rechtfertigen würden. Aber wir arbeiten auf Hochtouren. Erinnerst du dich an den Polizeieinsatz, als du glaubtest, Dirk im Auto gesehen zu haben?"

„Ja, natürlich. Du sagtest, ein Kind sei ertrunken."

„Stimmt, allerdings nicht im Fluss. In der Lunge fand sich Chlorwasser?"

„Wie bitte? Das ist ja schrecklich."

„Es ist nicht auszuschließen, dass der Junge ebenfalls ein Opfer des Monsters war."

„Oh, mein Gott. Wurde er denn nicht vermisst?"

„Doch, drei Tage bevor wir ihn fanden, haben die Eltern ihn als vermisst gemeldet. Er wurde vom Spielplatz in Sichtweite des Hauses entführt."

„Wie hältst du nur diesen Beruf aus?" fragte ich, und hätte gerne einen Schnaps getrunken, weil mir zum Speien übel war.

„Manchmal frage ich mich das auch. Vielleicht lasse ich mich in den Bereich Wirtschaftskriminalität versetzen."

Der Nachmittag war schon weit fortgeschritten. „Bleibst du über Nacht?" fragte ich Ingo.

„Wenn ich darf, gerne" antwortete er.

„Gut, aber dann lass uns jetzt irgendwohin gehen, wo Menschen sind. Wir könnten mit dem Lift hinauf zur Alm fahren und dort etwas trinken. Ich brauche eine andere Umgebung, um mich von den düsteren Gedanken zu lösen", sagte ich. „Zum Abendessen sind wir wieder hier, ok?"

„Ich melde mich für morgen in meiner Dienststelle ab" sagte Ingo, „dann können wir noch in Ruhe frühstücken, ein wenig spazieren gehen, und ich fahre gegen Mittag zurück. Klingt das gut?"

„Mmhhh" gab ich von mir und ließ es zu, dass er mich küsste, während ich in meinen Anorak schlüpfte.

22. Kapitel

Ingo war vor einer halben Stunde abgefahren. Mein Telefon schellte gerade, als ich das Haus verlassen wollte. Nachdem ich abgenommen hatte, hörte ich nur ein Schluchzen, dann Esters Stimme: "Eva?!" Zugleich Frage und Aufschrei.

„Ja" sagte ich, „ich bin es."

„Er ist tot" schluchzte Ester.

„Wer?" fragte ich mit brüchiger Stimme, weil ich bereits ahnte, dass nur zwei Menschen diese Reaktion bei Ester auslösen konnten.

„Keno". Dann legt sie auf.

Ich stand wie versteinert. Was war geschehen? Wieso Keno? Wieso so plötzlich? Bevor sich meine Tränen ihren Weg suchen konnten, biss ich mir auf die Lippen. Jetzt nur nicht nachdenken... Schnell lief ich ins Schlafzimmer, packte ein paar Sachen in meine Reisetasche, dazu die üblichen Dusch- und Kosmetiksachen. Ein Blick in die Handtasche genügte um festzustellen, dass sie Ausweispapiere, Bargeld, Kreditkarten und Handy enthielt. Kaum 15 Minuten nach dem Anruf war ich auf dem Weg zu Ester und Dirk.

Aus dem Polizeibericht von Freitag.

Gestern, gegen 12.30 Uhr lief ein vierjähriger Junge vor dem Waldzwerge-Kindergarten auf die Fahrbahn und wurde von einem LKW erfasst. Der Junge starb noch an der Unfallstelle. Der LKW-

Fahrer wurde mit einem schweren Schock ins örtliche Krankenhaus eingeliefert.

Aus der Tagespresse von Samstag.

Der am Donnerstag tödlich verunglückte Timo S. (Name von der Redaktion geändert) verließ um 12.30 Uhr das Gelände des Kindergartens, um mit der dort wartenden Juana B. nach Hause zu gehen, als hinter ihm ein Mann aus einem Auto stieg und ihn ansprach. Der Junge erschrak so, dass er auf die Fahrbahn rannte, wo ihn ein LKW erfasste, dessen Fahrer nicht mehr rechtzeitig bremsen konnte. Nach Aussagen von Zeugen des Unfalls soll der Mann wieder in sein Auto gestiegen und davongefahren sein. Der Mann wird als groß, schlank und blond beschrieben.

Aus der Tagespresse von Dienstag.

Die Fahndung nach dem Mann, dessen Erscheinen einen vierjährigen Jungen so erschreckte, dass er unkontrolliert auf die Fahrbahn lief und dort tödlich verunglückte, brachte bisher keine Ergebnisse. Lediglich der Wagen wurde gefunden. Er war unter falschem Namen angemietet worden. Bei dem Mann handelt es sich aller Wahrscheinlichkeit nach um den 44jährigen Holger Lukovsky. Sachdienliche Hinweise über seinen Aufenthaltsort nimmt jede Polizeidienststelle entgegen.

Epilog

Zur gleichen Zeit saß ein Mann vor dem Café del Molino in Caracas und beobachtete die spielenden Kinder auf der anderen Straßenseite. Er war am Donnerstag in der Nacht angekommen und unterschied sich rein äußerlich nicht von Hunderten anderer Männer hier. Seine Haare schimmerten tiefschwarz und seine Augen waren braun. Er verbarg sie hinter einer Sonnenbrille, damit das ständige Zwinkern wegen der ungewohnten Kontaktlinsen nicht auffiel. Außerdem trug er einen buschigen Oberlippenbart. Seine einfache Kleidung ließ seine Figur nur erahnen. Um die Taille wirkte er ein wenig füllig. Der Grund war ein Leibgurt, in dem er alle wichtigen Papier bei sich trug, so auch seinen Pass, der auf den Namen Miguel Diaz lautete...

Danksagung

Wie immer haben mich auch bei diesem Buch meine Familie und Freude unterstützt.

Herzlich gedankt sei an dieser Stelle:

meiner Mutter, Wilma Schleif, die mich immer ermutigt, weitere Romane zu schreiben,

meinem Enkel Alexander Peitz, der mir unter psychologischen Aspekten Ratgeber war

und nicht zuletzt Olaf Schmidt, der wie immer in seiner knappen Freizeit den Plot und Spannungsbogen kritisch beurteilt hat.

Der Erfolg dieses Buches ist auch der eure!

Zeitfracht Medien GmbH
Ferdinand-Jühlke-Straße 7
99095 Erfurt, Deutschland
produktsicherheit@kolibri360.de